事の次第

サミュエル・ベケット

[訳]片山昇

白水社

事の次第

1

事の次第これはすべて引用文ピム以前ピムとともにピム以後の三部にわけて聞いたとおりにわたしは語る

声よ最初は外から四方八方(あちこち)からぺちゃくちゃと次にわたしのあえぎが止まるときわたしの内部から聞こえてくる声よふたたびわたしに語れ呪文(じゅもん)ばかりを語るのはもうこれでおしまいだ

過ぎ去ったかずかずの瞬間遠くから帰ってくる古い夢または眼前を過ぎていく人たちあれこれ目にふれる物たちのように新鮮な夢そして思い出のかずかずを聞いたとおりにわたしは語る泥のなかでそれをささやく

最初は外にあえぎが止まるそのときにわたしの内部で語りだす古い声の断片わたしの声ではない

わたしの人生最終版言いそこない聞きそこないに見つけそこないそして泥のなかでのささやきそこない顔面下部の束の間の動きいたるところで脱落だらけ

それでもどこかで記録はされそのほうがよいそのまま順を追いわたしの人生の一瞬一瞬わたしは百万番ではないほとんどすべてが失われ誰かが聴きそれからもう一人誰かが記録を取っているひょっとしたら同一人

それではここで第一部ピム以前事の次第おおよそ自然の順序のままにわたしの人生最終版最後に残った断片をわたしの人生おおよそ自然の順序のままにもう覚えたこれらはみんな引用文或る時期遠いはるかな昔途方もなく長い時間そしてそれからその時期からその後の

時期のそのいくらかを途方もなく長い時間の自然の順序のままに

第一部ピム以前どうしてここに漂着したかは問題外知る人もなく言う人もなしそれから袋どこから袋を手に入れたかわたしというのはほんとうにこのわたしのことかそれも問題外こう衰弱しては詮議（せんぎ）するすべもなくそれにどうでもよいことなのだ

人生人生光のなかの娑婆（しゃば）でのもう一つの人生どうやらときおりはわたしもあんな人生送ったこともあったようしかしもう一度あそこへ娑婆へ上ることなどおよびもつかず誰もそこまでやれとは言わずあんなところにいたことなんかありはしない泥のなかにときおり浮かぶ心像（イメージ）いくつか大地空人間何人かは光のなかにときには立って

袋手に触れる唯一の所有物小型の石炭袋五十キロ入りじっとり湿った麻袋ぎゅっとしぼれば滴（しずく）がたれるこれが現状しかし途方もなく長い時間のはるかかなたこの人生の始めには人生の最初の表象ほんとに最初の表象だった

それから肘つき身を起こすこれも引用わたしの姿が見えている袋のなかに今は袋の話をし
ている腕を袋につっこんでなかの罐詰を数えてみる片手では不可能しかしなんとかやって
みるいつかは可能になるだろう

泥のなかに罐詰をほうり出しそれから一つ一つ袋にもどすそれは不可能それだけの元気が
もうないそれに罐詰なくす心配も

食欲減退鮪一切れそれから食べる黴の生えたのさぁ大丈夫元気が出たもうしばらくは生き
られよう

口を開けた罐詰を袋にもどすまたはそのまま手に持って二つのうちのどちらかだ食欲回復
したときにその罐詰を思い出す忘れてしまって他のを開ける二つのうちのどちらかだここ
で何かがまちがっている最終版これがわたしの人生の出発点

他に確実なこと泥と暗闇以上を要約すると袋罐詰泥暗闇沈黙孤独今のところはそれだけだ
腹這いのわたしの姿が見える目を閉じる青い目じゃない後ろにある他の目をそして腹這い
のわたしを見るわたしは口を開く舌が出る泥のなかに入る一分二分これで喉の渇きがとま
るこれで死ぬ心配もなくなったこの途方もなく長い時間の間

光のなかの人生最初の心像どこの馬の骨だか一人の男わたしは彼をじっと見たわたしの流
儀で遠くから目を伏せて鏡に映る夜窓越しに鏡に映るその姿をそれがわたしの最初の心像

わたしは言ったひとり言彼はよくなった昨日よりよくなった昨日ほど醜くなく馬鹿でなく
意地悪でなく汚れてもいず老人でもなくそして不幸でもないところがわたしはとわたしは
言ったひとり言わたしは決定的悪化の不断の連続

ここで何かがまちがっている

わたしは言ったひとり言この上悪化はしないだろうそれがわたしの勘違い

おしっこうんこベッドのなか他の心像（イメージ）柳で編んだ赤ちゃんベッドうんこおしっこ垂れ流し
それからぁとは汚れっぱなし

鋏（はさみ）で細かく刻んだもんだ蝶の羽根を一つずつときには変化を与えるために二つ並べていっしょに刻むまんなかの体はばらばらにそれから後は一つとしてまともな蝶はいない

これでおしまいしばらくの間ここでわたしは別れよう聞いたとおりに泥にささやくここで別れるしばらくの間光のなかの人生は消え去った

腹這（ば）いで泥のなか暗闇のなかわたしの姿が目に浮かぶそれは一時の停止に過ぎないわたし

は旅人一時の休憩

問いもし罐(かん)切りをなくしたらそうそう罐切りも目的語だもし罐切りをなくしたらどうする
かいつ袋はからになるかといった種類の問い

どれもこれもみじめな時代次の時代から見れば英雄の時代最後の時代はいつのことかわた
しの黄金時代はいつなのか鼠(ねずみ)はそれぞれ自分の最盛期(ブリューテツアイト)を持っている聞いたとおりにわ
たしは語る

膝(ひざ)を持ち上げ背中をまるめ袋を腹に押しつけるこのときわたしは横這(ば)いになっているわた
しは袋をしっかり持つ今は袋の話をしている背中に回した片手でそれを頭の下に滑りこま
せる袋は手から放さずに金輪際わたしは袋を放しはしない

ここで何かがまちがっている

袋をなくす心配ではないこれも引用他のもの知られもせず言われもせず袋がからになったならそのときわたしは袋に頭それから肩を入れるだろう頭は袋の底に触れて

はや次の心像（イメージ）一人の女が頭を上げてわたしを見つめる第一部最初は心像がいくつか出てくる間もなく消えよう聞いたとおりにわたしは語る泥のなかでそれをささやく心像第一部ピム以前事の次第心像が泥のなかに見える照明がつくそのうちに心像は消えるだろう一人の女をわたしは泥のなかに見る

彼女は遠い十メートル十五メートル頭を上げてわたしを見つめ最後に言うひとり言けっこうなことあの子はしっかり勉強してる

わたしの頭どこにわたしの頭はある机の上で休んでいるわたしの手机の上で震えているわたしが眠ってはいないことを彼女は十分知っている激しく風が吹くちぎれ雲が走る机は光

から影へ影から光へと航行する

話はまだ終わらない眠そうな目で編み物を彼女は続ける針が編み目のまんなかで止まる彼
女はもう一度立ち上がりもう一度わたしをじっと見つめるわたしの名前を呼びさえすれば
立ってきてわたしにさわりさえすればよいのだでもそうしない

わたしは動かぬ彼女の心配増すばかり彼女は突然家を出て友の家へと駆けていく

これで終わりあれは夢ではなかったわたしはそんな夢を見ていなかった思い出でもないわ
たしには思い出は与えられなかった今度のは心像（イメージ）なのだ泥のなかでわたしがときどき見る
ような見ていたようなあの心像
トランプカードを配るようなまたは種を播（ま）くような身ぶりであき罐（かん）投げ捨てる罐は落ちる
音もなく

罐（かん）は落ちる罐を信じてよいのならときたまそれが道中で見つかるするともう一度うんと遠くへ投げるのだ

原初の泥のあたたかさ見透かしきかぬ真の暗闇

唐突にまるで今まで存在せずこれから存在しはじめるもののように唐突にわたしは去るういんこや反吐（へど）のせいじゃない何か他のもの知られもせず言われもせぬ何か他のものが原因でそれで出発の支度突然並ぶ主語目的語主語目的語やつぎばやそして前進

袋のなかからロープを取り出しこれもまた目的語袋の口をしばり首に袋をぶら下げるこうするためには二本の手が必要なことはわかっているあるいは無意識にできてしまう二つのうちのどちらかだそして前進右脚右腕屈伸運動十メートル十五メートル停止

ところで袋にあるものは今までのところ罐詰（かんづめ）罐切りロープそれだけ何か他のものを欲しがる気持ちそれは今度は与えられていないらしいここにわたしといっしょに泥のなか暗闇のなか手の届く範囲に他のものの心像（イメージ）いやそれは今度はわたしの人生に置かれていないそうらしい

役に立つものたとえば手ぬぐいまたは手ざわりのよいもの

罐の間を手探りでその瞬間瞬間に心に浮かぶ欲望心像に従ってあれがないかこれがないかと捜して見たが所詮（しょせん）はむだ捜し疲れて思うこといずれ後刻疲労回復したならばもう少し元気になったならもう一度捜すそうしようそれとも思いきって忘れようわれとわが身に言いきかすなるほどほんとうだそのとおりもうそのことは思うまい

もう少しましになりたい意欲もう少し立派になりたい意欲わたしのあえぎが止まるときそのようなことは何一つわたしの耳に聞こえはしないそんな話は今度はちっとも

今度はわたしの人生に訪問者はいっさいお断わりあちらこちらから駆けつけた種々さまざまの訪問者てんでに語る自分について生について他人(ひと)ごとみたいに死について最後にたぶんわたしについて時間つぶしの役には立つそれからさよならまた会う日まで各人それぞれもと来た道を

あらゆる種類まず老人の訪問者わたしを膝(ひざ)に抱き上げてさんざんあやしてくれたっけおむつとレースに包まれた赤子のわたしをあの人たちはそれからわたしの人生航路後からわたしについてきた

他の訪問者はその逆に初期のわたしに全然無知人に聞いたり文献見たりやっと集めた落ち穂だけ

もう一つ他の訪問者わたしを知ってはいるけれど終(つい)の住処(すみか)のここに来たそれから後のわた

しだけ彼らは語る自分について最後にたぶんわたしについてはかないこの世の喜びと栄枯盛衰の悲哀について他人(ひと)ごとみたいに彼らは語る

あとはまだわたしを知らぬ人ばかり重い足どりひとり言つぶやきながらやってくる無人の境に隠れ家を求めてやっと一人きり胸にしまった悲しみを発散させる本心を人に明かさず人に知られず

彼らがわたしを見たならばわたしは怪獣孤独の怪物人間見るのが初めてで人が寄っても逃げもせず探検家たちはその皮を獲物といっしょに持ち帰る

突然遠くで足音人声それが消えそれから突然何かが起こる何かが起こるそれからはたと音がやみしんと遠くまで静寂が

そこで最終版では訪問者のいっさい来ない人生をわたしのを除いていっさいの物語はだめ

わたしのを除いていっさいの雑音はだめわたしが耐えられなくなったそのとき沈黙破る人はわたし以外にあってはならぬそんな沈黙以外の沈黙はいっさいだめわたしはそれだけのもので続けねばならぬ

問いここには他にも住人がいるんじゃないかイエスかノーか明らかにすべてはここにあるいや四分の三はここにあるそしてこの点について微に入り細を穿(うが)つ長い長い討論がときにはイエスになるんじゃないかとびくびくさせるほど続くしかし結論はノーと出てわたしだけが選ばれるあえぎが止まると聞こえるのはやっとそれだけ問いと答えやっと聞こえる小さな声でわたし以外の住人たちがここにわたしといつまでも暗闇のなか泥のなかいるかいないかそれが問題長い討論やっとけり最後の結論ノーと出たわたしだけが選ばれて

それでもやはり一つの夢がわたしに一つの夢がある恋の経験あるかのように夢見るものは分相応のかわいい女そしてこれまた夢のなかで女のほうも夢見てる分相応のかわいい男今度はわたしの人生にときどき夢も現われる第一部旅の道中

それとも同質の肉がないときは一匹のラマ一歩退(さが)ってアルパカラマの夢を見る博物学の知識があった

ラマのほうからこちらへは来るまいそれではこちらから出かけていこうあのふさふさと暖かい毛に身を埋め小さくなって抱かれて眠ろうところが誰かの言うことには獣(けだもの)なんてとんでもない置くことならぬ魂が必要条件知能もまた魂知能の最小限それがないなら分に過ぎたる優遇だ

わたしの手あいた手のほうを振り返るその手を顔に近づけるこれは一つの方便なのだ心像(イメージ)夢睡眠すべてが欠けているときこれは一つの方便熟慮反省の材料なのだここで何かがまちがっている

そしてまた欠けているとき大きな要求前進する要求食べて吐く要求それから他の大きな要

求わたしの生存の大きな範疇のすべてそれらがまったく欠けているとき

そこでそのほうにわたしの手にあいた手のほうに目を向ける体の部分のどれかを見るとすればむしろそれを見る聞いたとおりにわたしは語る顔面下部の束の間の動き泥のなかでのささやき

それは目のすぐそばに接近するがわたしには見えないわたしは目を閉じている何かが足りない普通ならわたしの目は閉じていようと開いていようと見るものは見えるというのに

もしそれだけで足りないならわたしは動かすわたしの手今はわたしの手の話十秒十五秒わたしは目を閉じる幕が下りる

もしそれだけで足りないならわたしは手を置く顔の上に手は顔をすっかりおおうしかしわたしは好きじゃない自分の体に触れるのは今度は体に触れることそれは許されていないの

だ

わたしはあれを呼ぶあれは来ないわたしにはあれが絶対必要わたしは呼ぶ全身の力を振りしぼってところがその力の強さが不十分ふたたびわたしは死すべき人間にもどる

もちろんわたしの記憶のことあえぎが止まると問題になるのはもちろんわたしの記憶それもまたすべてはまたそこにあるいや四分の三はそこにあるほんとうにこの声はよく変わるそのうちほんのわずかしかわたしのなかに残っていないやっと聞こえる断片だけあえぎが止まるそのときにほんのちょっぴりか細い声でたぶんわたしは百万番ではない聞いたとおりにわたしは語る泥に向かってそれをささやく一つ一つの言葉をいつもそのまま

つまりそれについてわたしの記憶について今は記憶の話をしてるそれが良くなろうと悪くなろうとたいして問題じゃない多くのことが記憶に蘇(よみがえ)ろうと何一つ思い出せなかろうとそれはたいして問題じゃないしかしそれからひき出せる確実なことは

確実なことはもうけっして誰一人としてやってきてわたしに懐中電灯の光を向けることは
ないそしてもうけっして何一つとして起こりはしない他の日他の夜もうけっして

次にもう一つの心像（イメージ）がはやもう一つこれでもうたぶん三つ目いずれそのうち出なくなろう
浮かび上がる心像はわたしの全身と母の顔わたしは下から母を見上げる母の顔に似たもの
をわたしはついに見ずじまい

母とふたりベランダで透かし格子の熊葛（くまつづら）薫る日光赤いタイルに斑（まだら）がちらちらほんとうにこ
うだったまちがいなく

花に飾られ羽根に飾られ帽子ゆらゆら巨大な頭眼（まなこ）はきびしい愛に燃えわたしの巻き毛にか
がみこむそれを見上げるわたしの目青いその目を母に向け角度はぴったり天に向き救いの
来たる天（あま）つみ空そのころ早くも承知の上かやがて天空消え去ることを

ひと言で言えばまっすぐに背筋を伸ばしクッションの上に膝（ひざ）をつきパジャマはだぶだぶ両
手をぎゅっと握り合わせわたしは祈る母の言うまま

まだ後がある母は目を閉じお経を唱える使徒信経（しとしんきょう）の一節をわたしは盗み見母の唇
お経は終わり母の目はふたたび光りわたしを見下ろすわたしはあわてて目を上げてまちが
いだらけに諳（そら）んずる

大気は震えるぶんぶんと飛び交う蜂の羽根の音

これで終わった消えゆく心像（イメージ）ふっと吹き消すランプのように

ほんの束（つか）の間（ま）過ぎ去る一瞬これがわたしのすべての過去ときどき踵（かかと）に齧（かじ）りつく小さな鼠（ねずみ）そ

の他はすべて虚妄

虚妄あの古い時間第一部事の次第ピム以前途方もなく長い時間われながらよくやれると驚きながらわが身を引きずり引きずりながら這い続ける途方もなく長い時間ロープは鋸のように首を擦り袋はぶらぶら脇に揺れ行けども行けどもたどり着かぬ旅の終わりの城壁お堀それを求めて前へ前へと伸ばし続けるわたしの手ここで何かがまちがっている

それからピム第二部でわたしが彼にしたこと言ったこと

絵そらごとたとえばあの死んだ頭まだ生きている手流れ雲のなかを揺れ動く小さな机びくっと跳び上がり風の吹く戸外にとび出す婦人

かまわぬわたしはもう言わぬこれはわたしかこれはわたしかと引用はなおも続く聞いたまま今度はわたしは以前のように自分を捜す男じゃないそれはここでは抹消済みわたしが語

る物語いかにしてこの時間を持ちこたえるかただそれだけの物語

第一部ピムの以前ピムの発見以前の話これをまずかたづけなくては第二部ピムとともに事の次第第三部ピム以後事の次第途方もなく長い時間の過ぎ行くさまそれはみんな後回し

変化のあるのは袋だけわたしの日わたしの夜わたしの季節わたしの祝祭日復活祭は永遠と聞いたがそれから一跳び万聖節あの年も今と同じとすればあの年には夏はなかった春らしい春もほとんどなく死にゆく時期にわたしがなお死に続けていけるのはひとえにわたしの袋のおかげ

わたしの罐詰（かんづめ）あらゆる種類しだいにしだいに減っていくそれよりはやく食欲減退形さまざま選択無用それでも指は知っている行きあたりばったりさわったものをちょっとつかんだそれだけで

減っていく一種奇妙なやり方で今さらここに奇妙なものなどないけれど何年間も減少せず
それから突然半減する

こういう言葉その人たちには足の下に地球が回るすべてが回るその人たちの言葉をもう一
度朝昼夜に歳月季節その他この種類この同類

指の勘違いあきらめてオリーブ待ってたその口に入ったものは桜んぼしかし選り好みいっ
さい無用あれこれ選択しはしないわたしにぴったりここにぴったりそんな言葉も捜しはし
ない

袋いつかそれがからになるときわたしの袋わたしの所有物（ポセション）この言葉ここでかすかにシッと
言う短い空虚を間に置いて二つのシッがつまり同格ここに袋のあることがそもそも異常異
常なことわたしの袋がからになるときだとふんわたしにはたっぷり時間がある何世紀もの
時間がある

数世紀とても小さなわたしの姿今でもすでに小さいけれどこれよりもっと小さくなってとても小さくなったわたし目的語もなく食物もなくそれでもわたしは生きている空気が泥がわたしの栄養わたしはなおも生き続ける

もう一度袋を今度は罐詰(かんづめ)の関係でなくわたしは袋を抱きしめる話しかけ頭を突っこみ頬ずりし接吻(くちづけ)をしてそのあとで不機嫌そうに顔をそむけそれからもう一度抱きしめて袋にささやくああおまえ

わたしは言うわたしは第一部と言うなんの音も聞こえはしない音綴ごとに唇が動くその周囲のすべて下のすべてそれがわたしの理解を助ける

第一部ピム以前これがわたしに与えられた言葉あとはそれをふんだんに使うかどうかの問題だけそれは誰も言ってはくれぬそれともわたしに聞こえぬだけか二つのうちのどちらか

だ聞こえるのは証人がわたしには証人が必要だろうと言う言葉だけ

証人はわたしの上にかがみこんで生きているこれが彼に与えられた人生彼が点ずる無数のランプの光のなかにすっぽり浸ってわたしの全身その全表面が見えているわたしが出かけると従いてくる腰を曲げてこの証人

助手が一人少し離れてすわっている彼は助手に何か告げる顔面下部の束の間の動き助手はそれを帳簿に記入

手が来ない言葉が来ない無音の言葉でさえ一つとしてやってこないわたしは言葉がわたしの手が必要なのだ焦眉の急だめだやつらは来ようとしないそれからあれ

ユーモア感覚の低下涙もだんだん涸れてくるそれもあるそれも足りないここでもう一つの心像暗闇のなかでベッドの上にすわった少年または小柄の老人よく見えない彼は両手で頭

をかかえ若い頭老いた頭どちらだろうとかまわない両手で頭をかかえてるその心をわたしは自分の心にする

問いわたしは現在幸福であるかいまだにそんな古くさいこととときどき少しは幸福か第一部ピム以前短くとぎれてかすかなしかしなんとか聞きとれる声それと短い傍注(アポスチーユ)をかすかな声で所詮(しょせん)わたしは幸不幸魂の平安というようなものにはむいていないのだほとんどむいていないのだ

鼠(ねずみ)たちは今度はいない鼠もわたしにはうんざりしたこの時期にこのうえ他に何があろう第一部ピム以前途方もなく長い時間

つかもうとして鉤(かぎ)なりに曲げた手先はいつもの泥のかわりに尻をつかんでしまうこれも腹這(ば)いの男の尻をそうなるまでに他に何があるこれで十分さあ出発

原因はうんこや反吐（へど）じゃない何か他のものわたしは行く袋を首に結びつけ準備完了最初にすることと脚を自由に動かせるようにするどちらの脚を少し間を置きかすかな声が右脚をそのほうがよい

わたしは横這（ば）いになるどちらを下に左脇をそのほうがよい右手を前に投げ出して右の膝（ひざ）を曲げる関節は立派に働く手の指が泥にめりこむ足指が泥にめりこむこれがわたしの手がかり泥と言うのはおおげさだ手がかりと言うのもおおげさだどれもこれもすべておおげさ聞いたとおりにわたしは語る

屈伸運動脚は伸び腕は曲がるこの関節はみんな働く頭が手と並ぶところまでくる腹這い休憩

反対側の脇腹下に左脚左腕の屈伸運動頭と胴体の上部が宙に浮きそれだけ摩擦が減少ふたたび地面にどしりと落下側対歩（アンブル）でする匍匐（ほふく）前進十メートル十五メートル停止

睡眠しばらくの睡眠目が覚める最後の一歩にどれだけ近づいたことやら

幻想わたしには幻想が与えられているあえぎが止まるすると生命(いのち)ある空気時計となったわたしは酸素気球に頭を突っこむ三十分窒息しかけて目が覚めるあとは何度も繰り返す四回六回これで十分確かにわたしは休息した体力回復これで一日の労働に十分かすかに小声で幻想の断片

睡気はいつも眠りはわずか今度はこんな状態のわたしに話そうと試みる吸いこまれ吐き出され欠伸(あくび)欠伸睡気はいつも眠りはわずか

最初は外からあの声ぺちゃくちゃそれからあえぎが止まるとそれはわたしの内面の声第三部ピム以後もはやピム以前でもピムとともにでもなくもうピム以後旅をしてピムに会いピムを失いそれはもう過去今は第三部ピム以後事の次第聞いたとおりにわたしは語るなんと

か時の順序に従い断片つないで泥のなかわたしの人生を泥にささやく

わたしは覚えるわたしの人生おおよそ自然の順序に従いピム以前ピムとともに途方もなく長い時間消え去ったわたしの人生事の次第次にそのあと今度はピム以後わたしの人生事の次第とぎれとぎれの断片だけ

わたしは語るわたしの人生自然の順序で次々とわたしの頭に浮かぶまま唇が動くそれをわたしは感じとる泥のなかに出ていくわたしの人生その残滓（ざんし）言いそこない聞きそこない見つけそこないあえぎが止まるそのときは泥に向かってささやきそこないそれらすべてを現在形でいずれも古いことばかり自然の順序に従って旅二人組（カップル）放棄それらすべてを現在形でかすかな声で切れ切れに

わたしは旅立ちピムに会いピムを失いそれでおしまいあの人生あの人生のあれらの時期第一第二第三期あえぎが始まりあえぎが止まるすると聞こえるかすかな声でわたしの旅の一

部始終袋と罐詰（かんづめ）ひきずって暗闇のなか泥のなか匍匐（ほふく）前進側対歩（アンブル）それと知らずにピムのほうへとぎれとぎれの断片が現在形で聞こえてくる古めかしいことありのままかすかな声で泥にささやく

第一部ピム以前わたしの旅これ以上続きはすまいでも続くわたしは平静人よりも人は自分を平静と思っているが心底は穏やかでなくいつも瀬戸ぎわ追いつめられ聞いたとおりにわたしは語るそれから死もし死がいつかは来るものならそれでかたづく死んでいく
死んでいくそして見えるは地階の小庭に鉢植えのクローカスサフラン一本日の光日陰は壁を這（は）い上り一本の手がぶら下げる黄色い花を日ざしのなかに紐（ひも）を使ってぶら下げるその手が見える長い心像（イメージ）長い時間太陽が消えて鉢は下り地面に着いて手が消えてそして最後に壁が消え*

光のなかでの人生のぼろ屑わたしはただ聞いている否定もせず信じもせず今後は話し手の

詮索(せんさく)はもうしないそんなことはもう問題でなくなったにずしかし言葉ピム以前の今と同じような言葉あれは違うあれは誰が言っているのでもないわたしのものわたしの言葉ただそれだけ一つ二つは無声の言葉顔面下部の束(つか)の間(ま)の動き音はなにも聞こえないわたしが発音できるときそれは大きな相違たいへんな混乱

あらゆるサイズの心像(イメージ)がわたしの人生実物大それも含めて灯がともる泥のなか祈禱頭を机の上にクローカス涙にくれた老人一人涙いくすじ両手の裏に空はさまざまあらゆる種類地上海上青い空それが突然黄金(こがね)色地上の緑それが突然泥のなか

しかし言葉今と同じようなピム以前のわたしのでない言葉あれは違うあれは誰が言ってるのでもないそれは大きな相違あれは昔と今との間に聞こえるこれが相違点の一つ類似のなかの相違の一つ

ピムの言葉むり強(じ)いされて出した声言葉がとだえるわたしがお節介必要なことをひととお

りふたたび声が語り出すわたしはじっと聞いているでもわたしのがあるわたしの言葉これの結末をつけねばならぬ自然の順序ピム以前声もなくわたしが言ったわずかなことわずかながらも垣間(かいま)見た人生否定もせず信じもせずにしかしいったい何を信じるたぶん袋を暗闇泥をそして最後にたぶん死をさんざん苦労の人生のあと楽しいときも少しはある

どうしてここに漂着したかこれははたしてわたしなのかそれは不問それだけの力もなければ関心もないしかしここの場所でわたしは始める今度はここで最終版では第一部わたしの人生を袋しぼればぽたぽた水滴最初の証拠この場所で二つ三つの断片語る

誰かがいるどこかに生きてるどこかに途方もなく長い時間それからおしまいそこにはもういないもう生きてはいないそれからもう一度そこにいるもう一度終わってはいなかったまちがいだったほとんど初めからやり直し同じ場所か別の場所でそのとき新しい心像(イメージ)光のなかの娑婆(しゃば)で誰かが病院で意識を取りもどす闇のなか

いったいどこと同じ場所どの場所かは言われていないまたはわたしに聞こえない二つのなかのどちらかだおおよそ同じ場所もっと湿って光はもっとかすかで闇同然これはいったいどう言うことかつまりわたしが微光のさすどこかにいたことがあるということ聞いたとおりにわたしは語る一語一語をいつもそのまま

湿気は多く光はかすかで闇同然推理の手がかり親しい物音すっかり消えて静まりかえるわたしは滑り落ちたに違いないいちばん深い底にいるこれがおしまい誰もいないまた誰かが滑った続いてる

別の時代もう一つの時代奇妙なことがずいぶんあるがそれでも親しい身近な時代この袋この泥甘い空気真暗闇色彩つきの心像（イメージ）這（は）っていく力ほんとに奇妙なことばかり

しかしいわゆる進歩とはとりもなおさず未来の荒廃なつかしい十世紀なつかしい二十世紀にそうだったように青臭い夢にこっそりとこう言ってもよいほどだああもしおまえが四百

年前の世界を見たならばああなんたるこの変わりよう

ああ若き友よこの袋もしきみがかつての日の袋を見ていたらなあわたしはそれを引きずる
こともできかねたところが今は見てごらんわたしの頭頂が袋の底に触れている

そしてわたしはいつまでも若くこの元気

何万時間のその果てに一時間だけわたしの時間十五分だけ楽しい時間それはわたしが苦し
んだから苦しんだはずだから精神的に何度か繰り返し希望を抱き同じく何度か絶望し心は
出血大きな損失心は滴滴(てきてき)涙を流し一再ならず音もなく人には見えぬ心の涙心像(イメージ)も旅も飢え
も渇きもすべては消えて心は立ち去るやっと到着それを告げる声が聞こえるときどきは楽
しいときもあるものだ

希望以前の楽園わたしは眠りから出て眠りに帰る二つの眠りの間にすべてがあるなすべき

すべてが忍耐失敗不出来完成泥がふたたび口を開き深淵がわたしを飲みこむまでになすべきすべてがそこにある今度はこんなふうにわたしに語ろうとしているわたしの人生ピム以前第一部眠りから次の眠りまで

それからピムなくした罐詰手探りする手尻二つの叫びわたしのは無声希望の誕生希望とともに潑剌と生き希望を追い越しわたしの後ろに置いてけぼり心が立ち去るのを感じ間もなく到着という声を聞く

ピムとともにいるピムとともにいたことがある彼を後ろに置いてけぼり声あり彼は帰ってくるピムよりいいのがもう一人やってくるはずやってきたそう言う声を聞いている右脚右腕屈伸運動十メートル十五メートルそこで静かにしばらく停止暗闇のなか泥のなかそれから突然一つの手がわたしの体にそっと触れるわたしの手がピムに触れるのと同じように二つの叫び彼のは無声

やがてわたしは小さな声を持つだろうやっと聞こえる小さな声彼の耳に口寄せて人生をわたしは小さな人生を持つだろうその人生を彼の耳もとで語るがよいそれは一風異なるものにまったく異なる音楽となるおわかりだろういくらかピムに似たものに小さな人生音楽にしかしわたしの口のなかではそれはわたしにとって新しいものになるだろう

それからわたしは永久に立ち去るさよならも言わないでその時期は終わるすべての時期が終わるまたはわたしだけが終わる旅もおしまい二人組（カップル）もおしまい放棄もおしまい永久にどこにもないそれを聞く

事の次第ピム以前それを語るまずそれを自然の順序で同じことを語る泥にささやく一つの永遠を三つにわけるはっきり理解のできるようわたしは目覚めわたしは行く一生涯第一部ピム以前事の次第次にピムとともに事の次第つぎにそのあともっとはっきりピム以後事の次第あえぎの止まるそのときに事の次第の断片だけわたしは行くわたしの一日わたしの人生第一部断片だけ

眠ってる眠りこんだわたしの姿脇腹を下にまたは腹這(ば)い二つのうちのどちらかだ脇腹を下にそのほうがよい袋は枕にそれとも腹に抱きしめて腹に抱きしめ膝(ひざ)を上げ背中をまるめ小さな頭は膝のそば全身で袋のまわりに巻きついてまるでベラックヮ*恩寵(おんちょう)まします心に忘れられ待ちくたびれて横倒しうとうと眠るベラックヮさながら

自分の宝にかがみこむ何かの昆虫さながらにわたしは手ぶらでわたしに帰るわたしはわたしの古巣に帰るさてまず何から始めたものかわたしにあれを頼むとしようこの上もう少し続けることを

まず何から始めたものか最終版わたしの長い一日わたしの人生この上もう少し続けることわたしの宝のまわりにとぐろを巻いて耳を澄ましやれやれこれをささやかねばならぬとは二十年百年物音一つなししかしわたしは耳を澄ます一筋の微光もささぬしかしわたしは大

きく目を開く四百回これがわたしにはたった一つの季節にあたる強く袋を抱きしめる罐(かん)が
一つかちゃんと鳴るこの真暗な地下壕の沈黙の最初の休息

ここで何かがまちがっている

泥は冷たくもなく乾いてもいず泥は乾くことはないわたしの上には生暖かい蒸気を含んだ
空気の層が水の蒸気か何か他の液体の蒸気を含んだ空気空気を嗅いでも臭いはしない百年
間臭い一つないわたしは空気を嗅ぐ

何一つ乾きはしないわたしは袋を握りしめる生命の真の徴(しるし)の最初のもの袋から滴(しずく)がたれる
罐が鳴る頭髪は乾くことなく電気も起こらぬふんわりふくらすことも不可能ただ 梳(くしけず)るだ
けときにはそんなこともする櫛(くし)も一つの目的語まっすぐ後ろを振り返るとそれも生活の資
の一つだった今はもうない第三部ではこれも一つの相違点

最初の出だしの精神状態事件がつぎつぎやつぎばやに殺到する前それまでは満足すべき精神状態あああのころのわたしの心平静そのもの明鏡止水だからわたしは伴侶をえた

まだまだ続くわたしの一日第一部ピム以前わたしの人生最終版最初の発端とぎれとぎれの断片ばかりわたしはわたしにわたしはわたしの古い巣に帰る暗闇のなか泥のなかわたしは袋をぎゅっとしぼる滴がたれる罐が鳴る仕度出発旅の終わり

幸福を語ること人はためらうこの小さな言葉幸福を語ること初めて食べたアスパラガスやっとつぶれた腫物のようそれでもまあ楽しいひとときそれはそう確かにそうだピム以前ピムとともにピム以後の途方もなく長い時間わたしがなんと言おうともそれは楽しいときなのだそれほどでもないこともあるそれは覚悟をしなければ聞いたとおりにわたしは語る聞いたらすぐにそれをささやくどこかに記録されたなつかしい残片断片そのほうがよい誰かが聴きもう一人誰かが記録するそれともどちらも同一人嘆きの声など一度も洩れぬふとした涙一つの真珠どんどん遠く内側へ音も立てずに消えていく途方もなく長い時間自然の

順序に従って

突然に事故というものはいつもそうだが突然に指の爪先（つまさき）だけでぶら下がっているアルプス登攀（とうはん）か洞窟（どうくつ）探検の心像（イメージ）金曜日に笑い日曜日に泣く種族にはいつもそうだが苛酷（かこく）な瞬間ここで言葉が役に立つ泥は黙して語らない

さてここで出発前のこの試練右脚右腕屈伸運動十メートル十五メートルそれと知らずにピムのほうへその前のこの試練罐（かん）が一つ鳴るわたしは落ちる落ちながらもうしばらく続けるまったくほんとうにまったくほとんど思っただけでもお笑いぐさ悲鳴をあげて岩壁から落ちたりあやうく爪先（つまさき）でぶら下がったりそんな錯覚に襲われるなんて顔面下部の束の間（つかのま）の動き音もなくもう少しで失うところだったものをそれからあのすばらしい泥を思っただけでもあえぎが止まり声が聞こえるかすかな声が思っただけでもお笑いぐさまる一週間は笑えるほどの

シューと空気の抜ける音わずかな空気の残りのわずかそれのおかげで人間がなんとか立ったり笑ったり泣いたり思いを語ったりそんなこと続けておられる空気体（からだ）のことは問題ないまだまだ生命（いのち）はあやうくないわたしがひと言言葉を出せばわたしはふたたび存在するわたしはがんばる口を開けて一刻たりともむだにせぬためすかし屁（べ）一つむだにせぬため意味がいっぱいつまった屁口から飛び出し音もなく消えるすかし屁泥のなか

言葉が来る今は言葉の話をしているわたしはまだまだいくつもの言葉を持ってるほんとうだこの時期に思いのままに使える言葉一つだけで十分だアアというのはママの意味口を開いてママとは言えぬ今すぐそれともいまわのきわ（イン・エクストレミス）にそれとも二つの中間にいつでも来させる思いのままいつでもはいれる余地はあるアアというのはママの意味または他のものもう一つ別の物音かすかな声他の何かを意味する音どちらが先でもかまいはせぬわたしの品位が回復するなら

過ぎゆく時間そしてまた過ぎてしまった時間の話をわたしは聞いた途方もなく長い時間あえぎが止まると切れ切れにとっても長い話の断片聞いたとおりにそのままささやくこの泥に自然の順序で第三部でわたしは聞いたこの泥のなかにわたしの人生がある

わたしの人生おおよそ順序に従っておおよそ現在形で第一部ピム以前事の次第古いことばかり旅路の果ての最後の日わたしはわたしにわたしの古巣に帰りつく袋をぎゅっとしぼる滴（しずく）がたれる罐（かん）が鳴り人類の損失声なき言葉これがわたしの人生の出発点最終版わたしの人生の跡を追い旅立つこともできるのだまだ一人まえの人間だ

まず手始めに何をするまず手始めに飲むことをまず腹這（ば）いになるそれで楽しいひとときが過ぎそれでわたしは楽しいひとときを過ごすやっとのことで口が開く舌が出て泥のなかに入るそれで楽しいひとときが過ぎる楽しいときだたぶんいちばん楽しいときどれがいちばんとは言いにくいけれど顔を泥に浸け口を開ける口に泥が入ってくる渇きがとまりやっと人心地

ときどきこういう姿勢のままで美しい心像(イメージ)が浮かび出る動きと色が美しい風に吹かれる流れ雲青と白との二つの色あの日あの時そのままにこの日この時泥のなかこの心像を描いてみようこの心像は描かれようそしてそれから出発だ右脚右腕屈伸運動ピムのほうへ彼は存在しない

ときどきこういう姿勢のままでわたしはふたたび眠りこむ舌はひっこみ口は閉じもう一度泥にわたしは沈む眠りこむこのわたし飲むのをやめて眠りに帰るまたは舌だけ外に出て飲み続けるのだ一晩じゅうつまり眠っているその時間最終版これがわたしの夜なのだわたしには他にないのだ睡眠時間最後の眠りにあとどのくらい人類の眠り動物のもわたしは目覚め自問する引用はなおも続くそれでひととき過ごしているこれもわたしの生きる手段(てだて)

舌に泥が粘りつくそういうこともときにはあるそのときは救う手段は唯一つ口のなかに舌を引きこみ吸いこんで泥を鵜呑(うの)みにしてしまうそれともペッと吐き出すか二つのうちのど

ちらかだ泥に栄養があるかしらそれが疑問ではあるけれどとにかくそうして泥をかたづけ
先の見通しつけるまでひとときそうしてなんとか過ごす

口いっぱいに泥をほおばるそういうこともときにはあるこれもわたしの生きる手段そうし
てひとときなんとか過ごす泥を鵜呑みにしたならば食物のかわりになるかしらそれが疑問
ではあるけれどそれから見通し明るくなり楽しいときをしばし過ごす

薔薇色に舌は泥のなかに出ていくこの間両手は何をしている両手は何をしているかしよう
と努力しているかそれを見ようと努力せねばならぬなるほど左手相変わらず袋を握りしめ
ているそして右手は

右手わたしは目を閉じる青い目じゃない背後の目やっと右手が見つかったはるか向こうの
右のほう鎖骨の軸上最大限にうんと伸ばした腕の先聞いたとおりにわたしは語る開いて閉
じる泥のなか右手は開いてまた閉じるこれもわたしの生きる手段けっこう役に立っている

そんなに遠くはないはずだ一メートルになるやならずそれでも右手を遠いと感じるある日右手は去るだろう四本の指で歩いていくのだ親指はなくしたのでここで何かがまちがっているこの手がわたしと別れるのだそのときの姿が見えるわたしは別の目を閉じるすると右手の行くのが見える四爪錨（よつめいかり）さながらに四本の指を前に投げ出し指先が泥にめりこむ指を伸ばすこうして小刻み水平に懸垂運動繰り返し遠ざかっていくわたしの右手こんなぐあいにちびちびと進んでいくのはわたしにとってけっこう役立つ

そして脚そして目は青い目はおそらく閉じていや違うだって突然心像（イメージ）がこれが最後の心像が突然浮かび泥のなか聞いたとおりにわたしは語るわたしの姿が見えている

わたしはどうやら十五六歳さらにその上画龍点睛（がりょうてんせい）この上もない上天気青い空夕焼け空の卵黄色風に吹かれるちぎれ雲の騎行わたしはわたしに背を向ける娘も同様わたしと娘手と手をつないで二人連れわたしの目の前お尻の眺め＊

エメラルドの草を一面に飾る色どり信ずるならそれを信じてよいのならわたしたちは古い夢花と季節の古い夢時はいま四月か五月それから何か小道具を白い柵古びたピンクの観覧席それらを信じてよいのなら二人の場所は競馬場春は盛りの四月か五月

頭を上げてわたしたちじっと見つめるわたしの想像わたしたち二人は目を開けてまっすぐ前を見つめてるわたしの想像立像さながら全身不動ただ腕だけは手と手をつなぎぶらぶら揺れてほかに何があったかしら

空(あ)いたわたしの左の手何かわからぬ物を持ちそこから当然彼女は右手に短い革紐(かわひも)の端を持つ紐につながれ犬一頭背丈はすらり毛は灰色斜めにすわりうなだれてこの二つの手じっと動かず

なぜか解(げ)せぬは広漠たるこの草原で犬に革紐それからもう一つその毛並み鼠(ねずみ)と白の斑点が

ぽつぽつ子羊たちが母羊たちに混じっているそのありさまによく似た斑点ほかに何があったかしら舞台の背景に横たわるはるかかなたは四五マイル青みがかった塊がさして高くはない山脈稜線くっきりうねうねと二人の首の高さを走る

わたしたち二人は手をはなし二人そろって回れ右わたし右側（デクストロルスム）彼女左側（セネストロ）彼女は紐（ひも）を左手に移すわたしは同時に持ち物を右手に移す今度はなんとか見てとれた小さな白い煉瓦のよう空（あ）いた二つの手がもつれあい二つの腕がぶらぶら揺れる犬はそのまま動かない二人はわたしを見つめている感じ舌を引っこめ口を閉じそれからわたしは微笑する

前から見るとこの娘それほどひどいものではない彼女には興味はないわたしの姿をよく見れば白っぽい髪ブラシのような逆立つ髪面皰（にきび）だらけの赤い丸顔腹は出っ張りズボンのボタンははずれてる膝（ひざ）でたわんだX脚細くて長いその脚は安定をよくするために股（また）を大きく開き足の角度は百三十度これから歩む人生へのとぼけた薄笑い人生の朝の表象緑のツイード黄色い長靴ボタン穴には黄色い桜草かその同類

もう一度内側からの回れ右八十度*回ったところでほんの束の間ご対面持ち物の移し換え手
の握り直し腕の揺れ動き犬の不動あのお尻の眺め

あれまあ突然左と右二人そろってあてもなく腕をぶらぶら歩き出す犬は後ろからうなだれ
て尻尾を巻いてついていくわたしたち二人と無関係に犬は同時に同じ観念を抱いただけ薔
薇色あせたマルブランシュ*わたしの教養古典の造詣もし犬が小便するならそのときは立ち
止まらずにやるだろうわたしは叫ぶ声が出ないその娘をそこに捨てていけ走って逃げて動
脈を切れ

一瞬暗転もう一度わたしたち二人は山の頂上犬はヒースに横ずわり下げた鼻面その前に赤
黒く光るペニスそれを舐めてみる元気もないわたしたち反対に大元気内側からの回れ右ほ
んの束の間ご対面持ち物移し手を握り腕をぶらぶら振りながら黙って海と島々の眺めに
うっとり見とれている二つの頭が一つのようにそろって振り向く都会の煙黙って見つける

教会の塔同じ車軸の車輪のようにそろって向き直る二つの頭

突然食べだすサンドイッチ互い違いに口を動かし自分の分をぱくつきながら甘い言葉を交
わしているぼくはきみが大好きだわたしは嚙(か)む彼女は嚥(の)みこむわたしもあなたが大好きよ
彼女は嚙むわたしは嚥みこむまだまだ食物ほおばって睦言(むつごと)交わす年齢(とし)ではない

愛してるよ(モナムール)わたしは嚙む彼女は嚥みこむいとしいかた(モントレゾール)彼女は嚙むわたしは嚥みこむ一瞬暗
転ふたたび映るわたしたち二人ふたたび牧場を遠ざかる手と手をつなぎ腕振って頭は山頂
見上げながらだんだん小さくなっていくもう見えない犬の姿もう見えない二人の姿舞台は
二人を厄介払い

まだいくつかの動物が羊の群れまるで露出した花崗岩初めて目に入る馬一頭じっと立ち脊(せき)
柱(ちゅう) 曲げて頭は低く動物たちは心得たもの

空の青白もうしばらく泥のなかに四月の朝これで終わったこれで完了消えていくわたしは心像(イメージ)を持ったのだ舞台は空虚動物いくつか残っている舞台は消え青空も消えわたしはここに残っている

はるか右のほう泥のなか右手が開きまた閉じるそれがわたしを元気づける手は行こうとする行くがよいわかっているさきほどの微笑がまだ消えない行ってももはやむだなのだずいぶん前からむだなのだそれはわたしにわかっている

舌がまた出ていく泥に入っていくわたしはじっと動かない渇きはとまり舌は引っこみ口は閉じ今度は真一文字に結ばねばこれで終わったこれで完了わたしは心像持ったのだ

これでまた楽しいひとときを過ごせたはずだわたしはひとときを過ごしたのだあれは楽しいときだったはずやがてピムが来るだろうわたしにはそれがわからぬあれらの言葉が来ないのだ孤独はやがて終わりやがて失われようあれらの言葉が

わたしは今しがた伴侶を持ったなぜってそれがおもしろかったから聞いたとおりにわたしは語る一人の少女を恋人に四月か五月の空の下わたしたち二人は消え去ったわたしは一人ここに残る

はるか右のほう懸命に力いっぱい引っぱる手きっと結んだ口一文字かっと開いて泥を見つめる大きな目二人はやがて帰ってこようあの娘（こ）はきっと栗色（ブリュネット）の髪子供時代のあの土地がちらほら仄（ほの）かにまた光る一面の灰色のなかに薄れていく琥珀（こはく）の光がいく筋かきっと地上に火災があったふたたび二人が現われる今度はとっくにわたしのそばに

あの娘（こ）はやっぱり栗色（ブリュネット）の髪二人はぐったり疲れて帰る服から出ている裸の部分もうそれだけしか見えはせぬ顔は東のほうに上げつないだ手と手が仄白く揺れぐったり疲れてのろのろと二人はわたしのほうへ登ってきて消えうせる

つないだ二つの腕がわたしのまんなか通り抜け影になった二つの体の一部分が一つの影を通り抜け舞台は空虚泥の底最後の青空消滅し灰はいっそう黒くなる他にはもう残っていない他の世界あるのはわたしの世界だけとても奇麗なわたしの世界もっともあんなふうではないあんなふうには事は運ばぬ

わたしは待つわたしたち二人が帰ってくるのをしかし二人は帰ってこないわたしは待つ朝がわたしに歌って聞かせその朝にあの日が歌って聞かせたあの歌をひょっとしたら夕暮れがわたしにささやいてくれるかと夕暮れなどは存在しない

もう少し続けるために何か他のもの見つけねばそうだあれこれ問題を誰の話だったのかどんな人間がいたか地上のどの地点というような問題をどこからこの無声映画が生まれたかいやむしろ何もないほうがよい何かひと口食うとしよう

ひとときが過ぎたに違いないもっと悪いひとときがあるはず挫(くじ)けた希望は最悪のときでは

ないずいぶん日が傾いた何か食べるとしようこれでまたひとときが過ぎよう楽しいときが
続くだろう

その次に必要とあらばわたしの苦痛数あるわたしの苦痛のなかのどれを理解を絶する深い
苦痛そのほうがよいわたしの苦痛の問題とその解答それでひとときが過ぎるのだそれから
出発うんこや反吐（へど）のせいじゃない他の何かが原因だでも誰も知らず誰も言わぬ旅の終わり
のこの出発

右脚右腕屈伸運動十メートル十五メートル到着ここは新しい場所眠りへの再適応祈禱それ
までの間必要とあらばあれこれの問題出してみる誰の話だったのかどんな人間がいたのか
地球の上のどの地点か

楽しいときが過ごせようそれから楽しくないときもそれもあること覚悟せねば夜が来よう
最終版わたしは眠ることができようそしてもし万が一目が覚めたら

そして万が一声なき笑いわたしの目が覚めたなら即刻ただちに悲劇の大詰めピム第一部の終わり後に残るは第二部それから第三部だけ後に残るは第三部終曲だけ

あえぎが止まる脇腹下にして横臥（おうが）どちらの脇腹右側そのほうがよい袋の口を押し開く問いいったい何が欲しいのかしたいのかいったい何に飢えている最後の食事のメニューは何そんな類（たぐ）いの問題あれこれ時は過ぎ去りわたしは残る

袋の場面二つの手が袋の口を押し開くこのうえ何が欲しいのか左手が入る袋のなかに左手がこれは袋の場面そして後から左腕袋のなかに腋（わき）の下までそしてそれから

手はまさぐる罐（かん）の間をうろうろと個数を数えるつもりはないがたっぷり一ダースはあると告げるそしてつかんだ罐の中味はこれが最後の小蝦（こえび）かもこんな細かな描写をするのも所詮（しょせん）は何かのためになるよう

左手は取り出す楕円の小さな罐詰（かんづめ）それを右手に渡してからもう一度捜す袋のなか罐切りやっと見つけ出しそれを取り出す明るみに罐切り今はその話その柄はすらりと細長く骨に彫りもの施してあるさわった感じでそれがわかるしばらくここで休むとしよう

両手は何を休息のとき両手は何をしているかそれを見るのはむずかしい親指と人さし指第二指骨の端と外側そこがそれぞれ肉づきのよい親指と人さし指でここで何かがまちがっている袋をつまみ残りの指は罐詰と罐切りを手のひらに押しつけるこんなつまらぬ描写でも何一つ語らぬよりはまし

一つの失敗休息の話はまだ続く一つの失敗これまで失敗幾十度（いくそたび）この段階で突然に聞いたとおりにわたしは語るこの姿勢でいるときに両手が突然からっぽに袋はそれでもつまんだまま袋ははなしてなるものか残りの罐詰なくさぬように両手が突然からっぽに

あわてふためき泥のなか捜すは罐切りわたしの人生しかしなんでも同じようにわたしの人
生と言えないことはないはずだ遠い遠い昔から途方もなく長い時間のなかで道に迷ったわ
たしの昔

さて休息失敗の連続がわたしの人生両　膝立てて背中をまるめ頭かかえて袋を枕袋はわが
もの体はわがものこれらの部分は全部わがもの一つ一つの部分はわがもの

わがものと言うのは何かを語るためあえぎが止まるそのときにわたしが聞くこと語るため
竈のなかの*真暗闇でいずれそのうちいつの日か臍を眺める日が来よう呼吸はある五月の蠅
の羽根一つ震わすこともできぬ呼吸口が開く感じはある

晦冥の人へラクレイトス*の恵みを受けて太陽の火のつつましく輝く穏やかな吉日に泥に下
腹つけたまま仰ぎ見たのは蒼穹の窮まる高みの鳥一羽巨大な黒い両翼をひろげたままで空
中にじっと動かぬ胴体の雪にもまがうその白さなんだっけ滑翔する鳥信天翁南の海に鳴き

叫ぶ歴史の知識は持っていたおっとしまった自然の歴史博物学の知識はあったわたしは過ごした楽しいとき

しかし旅の最後の日それはよい日だ格別に悪くも良くもない吉日休息に出かけたときと同じ姿勢両手は先刻置いたままそっくり同じで帰ってきた何も失うものはなく何一つもう見はすまい

わたしの人生この袋けっしてはなさぬこの袋ここでわたしはそれを手放す両手が必要旅に出かけるときのように話の辻褄(つじつま)これで合う心ゆくまで空虚で暗黒わたしの頭のなかの闇そこに突然地獄の炎それからぱっと浮かび出る鉋屑(かんなくず)一握りの炎のように一瞬の幻がそのときに

両手の必要そして旅立ちいつの日それを語るのか衰弱しきったかすかな声ずっとずっとたってからいつかある日にかすかな声わたしと同じく衰弱したわたしの声が語るだろう

そこで両手から旅立つとき途方に暮れて頭をかかえるとき光のなかの娑婆ではよく頭をかかえたもんだったそのときのようにそこで両手からわたしは袋をはなすだが待てしばし袋はわたしの人生わたしはだからその上に横臥これでまだまだ辻褄は合う

麻袋を通して残りの罐の縁ごっちゃになった罐の縁ごつごつあたる肋骨に腐った麻の袋を通し上部の肋骨右の脇あの場所よりも少し上抱腹絶倒するときにかかえるかかえたあの場所よりもわたしの人生があの日になって逃げだすことはあるまいてまだまだ逃げぬあの人生

なるほどわたしは生まれはしたが左ききには生まれておらぬ右手は罐詰左手に左手同時に罐切りを右手にわたす奇麗な動作両手の指と手のひらはもつれよじれて小さな龍巻き小さな奇跡あまたの奇跡そのなかの小さな奇跡わたしがいまだに生きている生きていたのはそのおかげ

今となっては食べるだけ十の十二の挿話(エピソード)罐詰(かんづめ)開けて罐切りかたづけ開けた罐詰そろそろと鼻のほうへと持ち上げる申し分ない新鮮さ栄(はえ)ある至福のかそけき香りそれから夢見るもよし見ぬもよし罐詰をからにするもよしせぬもよし罐を投げ捨てるもよし捨てぬもよしこれらのことは語られずにわたしの目には見えぬことどうせたいしたことではない口をふくこれはいつでも欠かさずに以下同様で最後には

袋を両腕でかかえこみ軽くなった袋を抱きしめ頬ずりをするこれぞ袋の名場面それも終わって背後に過ぎ去る日は早や傾き夕暮れどきやっと目を閉じ待つはわが苦悩それともにいましばし時を過ごさんそのためにそしてそれを待つその間

むなしい祈禱眠ろうとして祈っても所詮(しょせん)甲斐なきこの祈りわたしにはまだ眠る権利がないわたしはまだ眠りに値していないのだそれでは祈りのための祈りすべてが欠如しているとき悩める霊魂をまことの苦悩に悩む霊魂眠る権利を永久に持たぬまことの霊魂を思うとき

今は眠りの話をしてるわたしはそんな霊魂のため一度祈ったことがある古い写真にそんなのがしかしその写真は黄ばんでる

またしてもいつでもどこでも光のなかにわたしの姿年齢不詳の後ろ姿膂（しり）は裸でひざまずく塵芥（じんかい）の山の上着ているものは大きな袋破れた底から首を通し水平に口にくわえた旗竿（はたざお）の大きな旗に書かれた文字は

主よ仁慈をたまえときおりは地獄に落ちし偉大なる罪人どもをここに眠らしめよ襞（ひだ）に隠れて読めぬ字もそれからたぶん夢を見よう彼らが日ごろの悪行のおかげで過ごせた楽しいときをその間は地獄の鬼も休むだろう十秒または十五秒

眠り唯一の幸いよ顔面下部の束の間（つかま）の動き音もなく唯一の幸いよ来たり消せこの燃え残りの二つの石炭もはや見るべきもの持たぬこの両眼をそして消せ火によりて破壊されたるこの古窯（ふるがま）そしてこの襤褸（ぼろ）同然の全身の

襤褸（ぼろ）同然のこの全身端から端まで頭の髪から足の爪手の爪までのあらゆる部分に残るわずかな感覚をことごとく消せそして夢よ

夢よ来たれ空のどこか地上のどこか地下のどこかわたしの存在が考えられぬどこかからあいたっ音なき叫び声尻に灼熱の大釘（おおくぎ）があの日わたしたちそれ以上は祈らなかった

幾十度（いくそたび）ひざまずき幾十度後ろ姿でひざまずく姿をあらゆる角度からあらゆる姿勢で後ろ姿を同時にそろってひざまずき後ろ姿でたとえあれがこのわたしでなかったとしても同一人だったことには変わりはないうれしくもない気休めだ

目の錯覚でないならば一つの臀（しり）は二倍も大きくもう一つはわずか半分ここでは人が排便すると泥がかわってふいてくれる何世紀もの昔からわたしはさわったことがないつまり比率は四対一わたしはいつも算術をこよなく愛した算術もわたしの愛に報いてくれた

ピムのは小さくとも二つそろった大きさで彼には三つ必要だったかもしれぬ大小いずれかは知らないがそれにぐさりと罐(かん)切りが突き刺さったのだここで何かがまちがっているしかしまず第一にわたしの旅の生活を第一部ピム以前事の次第これに結末つけるのだ後に残るは第二部それから第三部だけ後に残るは第三部終曲だけ

わたしがまだ同胞兄弟たちに囲まれて家々の壁にぴったり身を寄せて歩き一人で生きていたころに聞こえることをわたしはささやくそのころ娑婆(しゃば)の光のなかでは肉体の苦痛が起こるたびごとになにしろ精神の苦痛にはわたしは氷のように冷淡だったのでわたしは大声あげて助けを求めた百に一つの僥倖(ぎょうこう)を

たとえばあのときいつになく酔ったわたしは夜中の二時ごみ取り人夫の巡回時刻遮二無二(しゃにむに)エレベーターから出ようとして踊り場と乗函(ケージ)との間に足をはさまれ救いを求めて呼べど答えずかっきり二時間たってから誰かがやっと駆けつけたあのときのような僥倖を

古い夢だだまされるものかいやだまされているのかなそれは事によりけりだ何によるのか
日にだそれは日によりけりださらば鼠どもの船は沈没もう少し少なくそれが望み

もう少し少なくなんでもどんなふうにでもいつでも存在と非存在の過去現在未来の時制と
条件法をもう少し少なくさあさあ続きと結末を第一部ピム以前

尻に火がどうしてこの場を切り抜けたものか苦痛の情念についての省察抗しがたい出発そ
れに応じた準備道中なんの支障もなく気がついたときは無事安着灯火が暗くなっていく消
えてしまったさよならあばよあれは夢か

あれは夢むなしい希望袋の死ピムの臀第一部の終わり後に残るは第二部それから第三部だ
け後に残るは第三部終曲だけタレイアよ*乞い願わくは汝の木蔦の葉を一枚

はやく頭を袋のなかに憚(はばか)りながらわたしはあらゆる時代の苦悩のすべて袋のなかに持っているそれでもちっとも苦にならぬするとすべての細胞からどっとあがる馬鹿笑い罐詰(かんづめ)はカスタネットのように鳴り痙攣(けいれん)する体の下の泥がごぼごぼ音を立てひと息に出す屁(へ)と小便

吉日旅の終わり首尾は上々冗談は古くなって気が抜け痙攣はおさまりわたしは帰る外の空気へ深刻な現実へわたしはアブラハムの懐*へ飛んでいくのに上げるものは小指だけしかないらしい体のどこかに懐をつける*よう彼に言っておこう

しかしそれでも二三の省察事情が好転するまでの間動物界のさまざまな種類における幸福感のはかなさを証明する省察まず海綿から始めようそのとき突然そら急げわたしはこれ以上一秒もここにじっとはしておれないそこでこの挿話(エピソード)はとばすことになった

排泄物それでもこれはわたしなのだそうわたしはこれを愛している食べ残し力なく手から落とした古い罐それから何か他のもの泥はすべてを飲みつくすわたしだけを除いて泥はわ

たしの二十キロ三十キロをささえてる少しは泥にめりこむがそれ以上には沈まないわたし
はここから逃げられないここはわたしの流謫の地

いつまでも同じところにとどまること他の望みはついに抱かず軽いわたしの体重でこの生
暖かい泥のなか死人のようにじっと動かず泥のなかに寝床を掘ってそれから後はじっと動
かずこれがわたしの古い夢その夢が帰ってきたのだ今このときにそしてこの先長い間わた
しはその夢を生きていく今こそわたしはわかってきたそれの値がどのように貴重なもので
あるかあったか

黒い空気をぐいとひと飲みやっと終わった旅の生活ピム以前第一部事の次第じっと動かぬ
もう一人わたしの相手に会う以前ピムとともにピム以後事の次第途方もなく長い時間のな
かにもう何一つ見えなくなり聞こえるものは彼の声それから別のあの声が天の 頂 地の底
の三十二方位のかなたからそれからあえぎが止まるときわたしの内部に聞こえる声とぎれ
とぎれにわたしはささやく

せかせかとこんなふうにしゃべるのだもう我慢できないこのうえ一秒もここにはおれぬわたしがとても安楽にしているここに小指を上げる力もないたとえそのためわたしが泥に飲まれてしまうようなことになろうともどうにもならぬ力がない

問い古い問い果たしてこの混乱が毎日果たして毎日あの言葉を聞かねばならぬささやかねばならぬこの混乱が果たして毎日わたしを持ち上げわたしを泥の寝床からほうり出してくれるのかどうか

それから一日やっと日没に近づいたこの一日はひょっとしたら千日が詰まっているのではないだろうかあることないことなんでもかでも即座に問題にできる頭脳には古く良き難問だとにかくこれはみごとな絶景

ピムの精密時計（クロノメーター）を持つことここで何かがまちがっているしかし時間を測ろうにもその対象

が何もないだからわたしはもう食わぬいやわたしはもう飲まず食わず動かず眠らず何も見ず何もせぬたぶんそれは帰ってくるだろうそっくりまたは一部分そうだと言う声が聞こえてくるそれからだめだと言う声が

声そうだ声の時間を測定しよう声はわたしのものではない沈黙そうだ沈黙の時間を測定することだそれはわたしを力づけるきっとそうだ何かをすることだ何かを神

声もなく神を呪い時間を頭で記録するそして待つ正午真夜中神を呪いあるいは神を祝福しそして待つ時計をにらんでひたすらにしかし日々をまたしてもこの言葉しかし日々をどうしたものか記憶もなしにどうして過ごす袋から襤褸を一切れむしり取り結び目または紐を作る残念ながらその力なし

しかしまず旅の生活第一部ピム以前に結末をつけよう泥のなかに名状しがたい動揺がそれはわたし聞いたとおりにわたしは語るそれはわたし袋のなかを掻き回しロープを取り出し

袋の口をロープでしばり袋を首にぶら下げてもう一度腹這いになってから声なき別れの言葉を泥にそれから躍進

十メートル十五メートル左の脇腹下にして右足右手の屈伸腹這い声なき叫び右の脇腹下にして左足左手の屈伸腹這い声なき叫びこの描写は一言半句変えるところはまったくない

ここで現在位置の推測が混乱してくるつまりこうだわたしが進行方向から二三秒以上外れたことはありえないある日いやある夜想像もつかぬ旅立ちのとき偶然がいや必然が両方少しずつがわたしに伝授した方向は三つのなかの一つである一つであった西からきっとそうだ西から東へ

かくして泥のなか闇のなか腹這いになって直線に曲がりなりにも直線に二百三百キロメートルすなわち八千年間止まらずに進んでいけば赤道一周つまりそれと同等の距離

わからぬことといったいどこでわたしが教育を受けたのかたとえ初歩でも算術や天文学から物理学までいったいどこで習得したのかそれはとにかく学問の痕跡が今だに残っているそれが肝心

こうした分野に一心不乱わたしは疲労を感じないしかしそれでもはっきりと疲れは目に見え現われる脇腹を反対側に移すことがますます難儀になってくる移行の中途の腹這(ば)いの時間はしだいに長くなる声には出さぬ呪(のろ)いの言葉心のなかでふえる一方

不意に予感あと一センチでまっさかさまにわたしは落ちる峡谷にまたはわたしはぶちあたるどこかの都市の城壁に半信半疑のこの予感もっとも長年の経験からいやというほど知っているその方面での期待は無用それでもわたしの夢想にはこれは一つの覚醒剤到着したぞという予感

娑婆(しゃば)の連中めそめそと生きているような気がせぬと愚痴をこぼしていた連中奇妙だなこん

なときにこんな幻想今はみんな亡き数にこんなの人生であるものかそう言っていた他の連
中それも今は亡き数にそれから次はもっと奇妙つまりわたしは彼らを理解

いつもなんでも理解したたとえば歴史や地理などは例外としてなんでも全部何一つ許せな
かった断じて何一つとしてほんとうに非難したこと一度もない動物虐待それさえもついに
何をも愛さなかった

こんな幻想こんなときに幻想のシャボン玉はパチンと破裂昼間はもはやわたしにたいした
ことはもうできない

あまり衰弱しすぎてはだめもっと衰弱の態にしたいなら心得たいやそうじゃないできうる
かぎりの衰弱をそれからさらにもっと衰弱聞いたとおりにわたしは語る一語一語をいつも
そのまま

わたしの日わたしの日わたしの人生こんなふうにいつまでも古い言葉が帰ってくるたいしたことはもう起こらぬ引っ越し先に再適応することだけが残ってるそれから最後の眠りまでなんとか時を過ごすこと転(うた)た寝せぬことこれが肝要転た寝などは狂気の沙汰(さた)またはまったく無意味なこと

狂気の沙汰それとももっと悪いことにヘッケル*の学説どおりに変形されヘッケルの生まれはポツダム*数ある人のそのなかでクロップシュトック*もしばらくは暮らし働いた都会埋葬されたのはアルトナ*だけど映る影法師はクロップシュトック

夕暮れ巨大な太陽に向かってまたは背を向けてどちらだったか忘れてしまい誰も教えてくれはせぬ生まれ故郷の東のほうへのびる大きな彼の影わたしの学んだ古典の教養おっとしまったその上に地理の知識が少しばかり

たいしたことはもう起こらぬしかし尻尾(しっぽ)に毒があるラテン語でなんと言ったか忘れたけれ

どだから用心不寝番たっぷりひととき腹這いでぼんやり過ごしそれから突然自分でも信じ
られないわたしは始める耳をそばだて聴きはじめる

聴いているまるで前日夕刻にノヴァヤ・ゼムリヤ*を出発しいささか地理の知識があった今
しがたわれに帰ったその場所は亜熱帯の地方都市ちょうどそんな目にあったように耳をそ
ばだてて聴いているざっとそんなふうでわたしはあったわたしはそんなになっていたまた
は前からそうだった二つのうちのどちらかだ

問い古く良き問いいつでもこんなだったのかこの世界わたしの世界母がわたしにささやく
声それがすなわちわたしの世界それがこの信じられない混沌のなかに落ちこんだその日か
らいつでもこんなだったのか

こんなふうだったのか歩くときとりわけ夜は一歩一歩そのたびごとに片足を踏みしめじっ
と立ち止まり目を閉じ息をとめ耳をそばだて待ちかまえる追跡者救助者を

目を閉じるいつでも同じ二つの目わたしの姿が目に浮かぶ首の筋が違うほど頭をもたげ指
ひきつらせて泥をつかむここで何かがまちがっている息を殺してしばらく続くこうして過
ごす楽しいひとときやがてそのうち顔面下部のかすかな震えわたしが何かひとり言言って
る徴（しるし）やっとのことで言えた徴

そんなときいったいどんなひとり言人は自分に言えるのか小さな真珠さながらの悲しい気
休め慰安の言葉それはけっこうしかたがないこの種の言葉をもっと暖かくおめでとう悲し
いかなこの種の言葉もっと冷たく喜び悲しみこの二つ二つの総和を二で割った地獄の入り
口のように生暖かい

それをすぐに言う言葉が見つかったらすぐに言ってしまうのだ唇と周囲の筋肉は硬直し両
手は開き頭はがっくりふたたび垂れる全身泥に少し沈みそれ以上には沈まない以前と同じ
ついさきほどといつもと同じ王国だわたしはここから出たことがない無限にひろがるこの

王国

わたしがしばしば幸福であるかどうかは神のみぞ知るしかしこの瞬間よりもわたしが幸福
だったことはなくこの瞬間と同じほど幸福だったこともないわかっている幸不幸のなんた
るかそれは十分承知の上しかし話題にするぐらい別段悪いことではあるまい

娑婆（しゃば）にもしわたしが娑婆にいるとすればもはやすでに星月夜鐘楼の鐘は時間の短さを告げ
るわたしに残された時間はもはや後わずかわたしはこのままいつまでもじっとここにいた
いのだがそういうわけにはいかないのだ

ロープをとく袋のロープと首のロープわたしはそれをするせねばならぬおのずからそうす
るようにできているわたしの指がそれをする指の動きをわたしは感ずる

泥のなか暗闇のなか顔を泥のなかにつけ両手はどんなふうでもよいここで何かがまちがっ

ているロープを手に持ち姿勢はどんなふうでもよいやがてそのうちまるでここにこの場所
だけに昔から生きてそう生きてきたように見えるだろう

神がどこかにときどきはこの瞬間にわたしは良い日にめぐり合ったほんとうに何かひと口
食べてみたいしかしわたしは何も食わぬ口は開くが舌は出ぬやがて口は閉じてしまう

袋はいつも左側わたしは右脇を下にして軽くなった袋をかかえ膝(ひざ)を立て背中を曲げ頭を袋
の上にのせこうした動作はもうすでにどこかで一度やったはずこれが最後であればよいが

さて今度は真偽のほどは知らないが袋の襞(ひだ)を唇にはさみこういうこともときどきはある口
じゃない唇の間にはさみ口の入り口に

こんな人生送っていてもいまだにわたしは厚い唇まるで接吻するかのように突き出た二つ
の厚い唇とわたしは想像する真紅の唇とわたしは想像するそれがさらにもう少し前に突き

出て二つに離れ袋の襞をくわえこむまるで馬

真偽のほどは誰も言わぬわたしもそれはわからない他にありそうなことと言えばそうだ眠りへの祈りをもう一度やり直すそして待つ眠りが降りて眠りのなかにわたしが沈むそのときをやっとのことで彼が静まりこれまでになく危険な湖になにしろとやかく逃げ口上を並べているうちなんとなく話の辻褄は合うのだから

もっとたくさん言葉を見つける言葉はすっかり使いはたした顔面下部の束の間の動きをもっと頻繁に彼にはよくきく目が必要証人にはもし証人があるとすればよくきく目明るいランプが必要だろうでも彼はおそらく持っているだろうよくきく目明るいランプ

離れてすわっている記録係に彼は時刻を知らせるだろう夜中の十二時いや午前二時三時砂利会社の時計の時刻顔面下部の束の間の動き音もなくわたしの言葉がそれの原因それがわたしの言葉の原因わたしはふたたび眠るだろう人間世界の限界で

そこで当然土埃（つちぼこり）が石灰と花崗岩を混ぜ合わせ高く積み上げた石塀（いしべい）がもっと遠くに山査子（さんざし）の
花ざかり緑と白の生け垣が水蠟（いぼた）と山査子混ぜ合わせ

厚く積もった土埃小さな足年齢（とし）のわりには大きな裸足（はだし）埃のなか

学校カバンを尻に敷き背中を塀にもたせかけ青空に目を上げる汗びっしょりで目を覚ます
夢見たものは白一色の地平線ちぎれ雲が見える熱く焼けた石の向こう青と白の水平縞（すいへいじま）の水
着の向こうに青空が

目を上げて空のなかに顔を捜す空のなかに動物をうとうと眠るするとそこで一人の美しい
若者が出会う一人の美しい若者に長い白衣をまとい黄金色の山羊髭（やぎひげ）を生やした美しい若者
に汗びっしょりで目を覚ます夢で会ったのはイエス・キリスト

この種類一つの心像しかし目で見るものではない言葉で作られてはいるが耳で聴くものでもない一日は終わったわたしは明日まで安全無事泥のなかに身を埋めわたしは出かける明日まで頭を袋の上にのせ両腕で袋を取り囲みあとはどんなふうにでも

短い暗転長い暗転どちらか知らぬがそのあとでわたしの旅立つ姿がふたたびここで何かが足りないあと二三メートル進めば断崖絶壁あと二つ三つの断片語ればおしまい第一部後に残るは第二部それから第三部だけ後に残るは第三部終曲だけここで何かが足りないそれが何かはもうわかったまたはけっしてわかるまい二つのうちのどちらかだ

わたしはついにたどり着き崖を落ちる蛞蝓が落ちる姿さながらに袋をかかえる両腕に袋はなんの重みもない枕になるもの何もないまるで襤褸切れわたしの胸にそれを抱きしめるなんてことはもう言うまい

無感動万事休す袋の底は破れ裂けた湿気牽引摩滅抱擁何代も長く使った古い袋五十キロ入

り石炭袋話の辻褄は合っているみんななくなる罐詰罐切り罐詰なしで罐切りだけそういう憂き目は免れた罐切りなしで罐詰だけそういうことは起こらずじまいになるだろう今度のわたしの人生では

そのほかずいぶん多くのものたびたび心像浮かんだけれど名づけることはできずじまいの有益で必要なもの手ざわりのよいもの最終版わたしに与えられたものすべてはるかかなたへ消え去って残ったものは一本のロープと破れた袋だけロープと古い袋だけ聞いたとおりにわたしは語る泥にささやく古い袋古いロープおまえたちはいつまでも手放さぬ

短い続編あともう少し続けるためロープをほぐして二本の紐袋の底を紐でしばる袋に泥をいっぱいつめる袋の口を紐でしばるこれで立派な枕ができる腕にかかえた柔らかい枕顔面下部の束の間の動きこれが最後であればよいが

いつなのか最後の食事最後の旅何をわたしはしたのだろうどこをわたしは旅したのかそん

な類(たぐ)いの疑問声にならぬ絶叫放棄希望かすかな希望の光取り乱した旅立ち首にロープを巻きつけ口に袋をくわえまるで犬

ここで放棄希望の結果原因結果は永遠の一直線でつながって真暗闇の泥のなか期限の前に死なぬよう願う敬虔(けいけん)な祈りの結果他の原因は言わずもがな

なすべきことは唯一つもときた道を引き返すせめてこのままぐるりと回転それからわたしはジグザグに進むほんとうだまちがいないわたしの気性に合わせたやり方最終版なくしたものを捜すのだ行ったことのない場所で

なつかしい数字他に何もないときには数字をいくつか第一部ピム以前の結末をつけるためピム以前黄金時代楽しい日々人類の損失わたしは若かったわたしはまだ人類に未練があった今は種(しゅ)の話つまり人類数字をいくつかひとり言を言いながら束(つか)の間(ま)の動き声もなく二足す二とか二掛ける二などとつぶやくのだ

さて急に左に外（そ）れるそのほうがよい四十五度そして二メートル直線に習慣の力はこんなものそれから右に直角にそしてまっすぐ四メートルなつかしい数字それから左に直角にそして前進一直線に四メートルそれから右に直角に以下同様でピムにいたる

かくして西から東に向かう一直線は放棄して希望の結果放棄してその直線の北から南南から北鋸歯（きょし）状のまたは平たい山形線斜辺二メートル底辺三メートル足らずこの底辺はもときた道筋の上にあるそこでわたしは頂点から頂点へ行くわずかの間もとの道筋一メートル五十足らずをもう一度この目で見ることできるわけなつかしい数字黄金時代かくして終わる第一部ピム以前旅の生活途方もなく長い時間わたしは若かったそんなすべてかくして終わる黄金時代山形線にその頂点一つ一つの言葉はいつもわたしの心に聞いたそのまま最初は外から四方八方（あちこち）からぺちゃくちゃ聞こえた声だったあえぎの止まるそのときにとぎれとぎれの断片をかすかな声で泥にささやく

左の脇腹下にして右足右手の屈伸腹這い神を呪い神を祝福神に哀訴声もなく両足両手で泥のなかひっかき回し何を捜すなくした罐詰行ったことのない場所に前のほうに投げ捨てた食い残しの罐詰をそれが唯一のわたしの希望

わたしは行ったことはないしかしおそらく他人が以前ずっと以前少し以前どちらも含めてぞろぞろ行列なんたる慰めなんたる励まし苦境のなかで他人の存在なんたる励ましなんたる慰め

前を這っていく連中後を這っていく連中今日のわが身の運命が昨日は明日は誰の運命破けた袋がぞろぞろと続く行列みんなに役立つ

あるいは天国の罐詰一つわたしの災難伝え聞き神が送った奇跡の鰯もう一週間神の反吐を吐くだけのものその分量

右の脇腹下にして左足左手の屈伸腹這い黙せる呪い泥のなかをひっかき回す半メートルご
と山形一つに八回ずつつまり正味三メートル足らずの前進で手の先を鉤なりに曲げて泥を
つかもうとするいつもの泥のかわりに臀が一つ手にさわる二つの叫びそのなかの一つは声
のない叫び第一部の終わり以上で終わる事の次第ピム以前

2

さあやっと第二部まだまだ言うことが事の次第を聞いたとおりに最初は外から四方八方かららぺちゃくちゃ聞こえた内心の声切れはし断片切れ切れに事の次第ピムとともに途方もなく長い時間かすかな声で泥のなか泥にささやくわたしの人生今はわたしの人生の話あえぎが止まるそのときに事の次第を語るのは暗闇のなか泥のなかピムとともに第二部残るは第三部終曲だけここでわたしはわたしの人生それを持つそれを持った持つだろう途方もなく長い時間第三部終曲暗闇のなか泥のなかかすかな声でとぎれとぎれ

幸せな時期それなりに幸せな時期第二部は今は第二部の話ピムとともに事の次第楽しいときわたしにとって楽しいとき今はわたしの話をしてる彼にとっても楽しいとき彼のことも話してる彼も彼なりに幸せでわたしは後ほど知るだろう彼がどんなやり方で幸福をえたか

その方法わたしはそれをわがものにするのだやがてそのうちにまだまだ全部を知ってはいない

そこでかすかな叫び声カストラート*のあのささやきを始める前の試し声わたしはこれからまたしても耐えねばならぬ前よりももっと多くの時間数これまた小さな相違点前のときとは異なって数字は少しも出てこない今後はすべての計数は漠然とした表現でそうだ長さの漠たる印象空間時間の長さの印象短さの漠たる印象それから両者の中間をだから今後位置の移動の計測はやらないどうしても必要なそのときは代数計算だけはやるそれでよいよい(ウイ)という声それからだめ(ノン)と言う声が

氷のように冷たい玉白く焼けた熱い玉そんなものにでもさわったようにびくっとわたしは手を引っこめる空中に手を浮かしてるしばらくの間漠然とした表現だそれからゆっくり元の場所へと下りてきてしっかりと早くも少し持ち主気どり奇跡の肉にぺったりと切れた親指の付け根とふくらみ割れ目の線に垂直に四本の指は左の臀(しり)に右の臀には右手を置いてつ

まり二人の頭と足が互い違いになるようなそんな姿勢にはまだならぬ

右の臀（しり）にもぺったりと手のひらつけてみたいはやまやましかし少し手のひらまるめ生まれながらの恥ずかしがりけっして見せかけのものじゃない右手は割れ目の上に傴僂（せむし）のようにまたがってそこで右の臀との接触は手のひらのふくらみよりは爪の先でそこでもちろん二つ目の恐怖の叫びしかしわたしはそのなかにオーケストラの合奏に紛れこんだ銀　笛（フラジョレット）の音（ね）のように喜びの叫びを聞きわけたはやくもわたしのうぬぼれかおそらくそうだうぬぼれだ

聞きわけたというのは過去時制第二部はたぶん過去形で進行することになるだろう第二部ピムとともに事の次第これもまた前の部分との小さな相違点だがそれよりもわたしの爪に早くひと言爪にはこれから一役買ってもらうのだ

心配ごとつまりわたしが第二部でわたしの命が燃え尽きていや違う誰もそんなこと言ってないわたしの文章にその言葉はまだまだ入ってきはしないほの暗く弱い炎ぱっと最後に燃

え上がるその前の弱い炎そんなふうになるんじゃないか消えたピムがもっと生き生き邂逅の前よりももっと生き生きそんなことがありうるならばもっとそのもっと生き生き他に言葉が見つからぬ一人だけ見えるものは彼一人聞こえる声は彼の声だけピム一人いつものようにおおげさなそうだ今度はわたしの番脇役が心配の種

わたしの番わたしというものがなかったら彼は永久にピムは永久に存在しない今はピムの話をしてるわたしというものがなかったら未来永劫もの言わぬ生ける屍永久に泥のなかにぺったり腹這いところで彼をどうやって生き返らせるかそのうちにごらんに入れるそれからわたしがどうやって時期が来たときどうやってわたしの創った人物の背後に消えるかそれもまたさてわたしの爪の話を

はやくここで仮定を一つここで泥と称するものはひょっとしたらわれわれの人類全部のほんとうに人類全部の糞ではないかたとえ今この瞬間に数兆の人がいなくとも今二人がいるからには当然これまで何兆という人間がいたはずだ同類の糞のなかをば這っては排便宝の

ように両腕に這(は)う手がかりになるだけの糞をかかえて自分も排便さてこれからわたしの爪
の話をしよう

わたしの爪さてそこで手の話だけするならば東洋のあの賢人は言わずもがなわたしの手は
哀れな状態極東のあの賢人はまだ稚(いとけな)い年ごろからこれも漠然たる表現だ死の時刻まで両
の手の拳(こぶし)をぎゅっと握りづめ何歳からそうしたかは誰も言ってくれはしない

そこで彼の死の時刻年齢は不詳彼の死の時刻はやっと見た少し前彼の死の少し前に彼の爪
をとうとう手のひらを突き抜けて裏側にまで出ていたその爪をやっと見られたそしてその
すぐ後で生涯そうして生きてきた拳を握りしめあれこれと用を足して生きてきたその生涯
をやっと終え死にぎわ彼が最後の息引き取るときにひとり言爪はこれからまだ伸びるだろ
う

舞台の幕は左右に開いていた第一部わたしは見ていた友だちが彼を訪ねてやってくる墳墓

のまたはばあお化けの深い暗闇のその奥にすわって握った拳(こぶし)を膝(ひざ)に彼は一生こんなふう折れていた石灰か何かの不足からしかし一度にそろってじゃないだから一部の爪今はわたしの爪の話一部の爪はいつも長く残りの折れた爪たちはちょうどほどよい長さにそろいわたしは見ていた賢人が夢みる姿泥は開き明かりがついた彼は夢みる友人の助けをかりてあるいはまたそんな幸運には恵まれず一人きりで夢みていた爪をもう一度手の甲のほうに向けかえ手のひらを逆方向にもう一度貫き通すようにするそれを夢みた死が先回りしてその夢を妨げた

さてピムの右の臀(しり)に最初の接触彼は聞いたに違いないわたしの爪が軋(きし)む音これぞ美しき過去その気になればわたしは臀に爪を立てることもできたのだがしなかったほんとうはしたかったのだわたしは爪でひっかき深い溝を何本も掘りびっくり仰天したピムの恐怖の叫びを飲みたかった激烈な暗闇腰布(ドーティー)をつけた友だちの輪のように両手の拳を握り合わせその上にターバンを巻いた頭をがっくり垂れてピムが悲鳴をあげるのを聞きたかったがそこまで

はいかない

叫び声はわたしに告げるどちら側に頭があるかしかし思い違いということもそこでおのずからわたしの手そのまま右に位置をずらすということにやがて分岐点に到達するそれはもちろん予期したとおり次にそれでも念のため左のほうへもずらしていくもちろん同じ尻の上いやもうぐずぐずと時間をかけずそれから窪みに落っこちて切れた親指の付け根をば脊柱(せきちゅう)に沿って上らせて浮肋骨(ふろっこつ)のところまでこれは確実わたしは解剖学の知識があった今さら言うまでもないことだが彼は相変わらず叫んでいる繰り返して言うこれは確実過去形でもやっぱりだめ今後いっさい過去形はやめにする使ったことも絶えてなしということに

けっこうだこれは多かれ少なかれ同じ人間同胞だでもこれは男か女か少女か少年か叫び声にはその点をはっきりさせるものがない性も年齢も何一つそこでこれをあおむけにしようとするがうまくいかず右脇を下にそれもだめ左脇はさらにだめ体力減退まあいいさ今後わたしは腹這(ば)いのピムしか知ることはあるまい

以上すべて聞いたとおりに言っただけ一語洩らさずそのままにさてそれから泥のなかをまさぐって股の間にやっとのことで探りあてたはどうやら睾丸一つまたは二つの睾丸解剖学の知識はあった

聞いたとおりに泥のなかわたしはささやくわたしは少し前へこう言ってよいなら伸び上がる彼の頭蓋にさわるため頭蓋は禿げていや取り消し顔はそうだこのほうがよい顔は白髭一面に手でさわっただけでわたしは確信これは小柄な老人だわたしたち二人は小柄な老人ここで何かがまちがっている

暗闇のなか泥のなかわたしの頭と彼のそれわたしの脇腹と彼のそれぴったりくっつけ右の手で彼の肩を抱いている彼はもう叫びはしない二人はこうしてしばらくじっと二人は楽しいときを過ごす

どのくらい長くこうして動かずに物音一つ立てないでたとえかすかな息づかいでも音という音何一つ途方もなく長い時間わたしの腕の下でときどきは深い呼吸がゆっくりと彼を持ち上げ最後には手放しゆっくり元へ置く他の人ならこれを溜め息というだろう

かくしてわたしたちの共同生活それが始まるこんなふうにわたしは言わぬ誰もそんなこと言いはせぬ他の人たちが最後にはそうするように抱き合わんばかりにくっついてとは言いはせぬ見たことがないような気がするそんなの一度も見たことないしかし獣たちだってお互いに観察し合うそんなのを見たことがあるような気がするお互いに観察をしている最中のそんな姿を見たことが理解したいやつは理解するがよいわたしはべつに理解などしようと思わぬどうでもよい

抱き合わんばかりこれは誇張だいつものように彼はわたしに肘鉄砲をくらわすことはできはしないちょうどわたしの袋のようにわたしがまだそれを持っていたそのころのわたしの袋のように天佑神助のこの肉をけっしてわたしは手放さぬ堅忍不抜と呼んでもよい

袋をまだ持っていたころいや今だって持っているわたしの口にくわえてるいやもう口にはくわえていないわたしはそれを失ったのだそうだわたしの言うとおりわたしの言ったとおりなのだ

そこでわたしたちの共同生活その初期には途方もなく長い時間を数字の時代なら気の遠くなるような数字の長い時間をそれから一つ知りたいことといったい何がこの長い平和にやっと終止符を打ってくれるのかそしてわたしたちにより広い知識を与えてくれるのかこんなときに突拍子もないこと

突然聞こえる歌の調べ彼は小唄を口ずさむすべて存在しなかったものが生まれるそのときのように突然口ずさむわたしは歌にしばらくの間耳を傾けて楽しいときを過ごすあれはきっと彼の声しかし思い違いということも

そこで曲がるわたしの腕右腕そうだそのほうがよい右腕が曲がるすなわち上膊(じょうはく)骨ともう一つの骨とがつくる角それが極度の鈍角から極度の鋭角になるということ解剖学と幾何学だそしてわたしの右の手は彼の唇を捜し回るこの美しい動作をばもっと近くからはっきりとせめて最後の部分だけでもじっくり観察してみよう

手は泥のなかを潜って近づきここぞと思うその場所で泥からにょっきり伸び上がる人さし指が口に出会う漠たる表現ねらいはうまく的中した親指は頬かどこかにぶつかったここで何かがまちがっているえくぼと頬骨それらはみんな動いている唇頬筋そして髭(ひげ)それらは思ったとおりの状態まさしく彼だ歌っているのはやはり彼もはや一点の疑いもない

歌詞ははっきり聞きとれぬ泥が言葉を消しているそれともあれは外国語彼はおそらくドイツ歌曲(リート)をば原語で歌っているのだろうそう彼はおそらく外国人

わたしの夢ある東洋の賢人は諦念(ていねん)の境地に到達したわたしもまたあきらめることにしよう

わたしは今後は欲望をすっかり捨てることにする

とにかく彼は話すことはできるこれが肝心彼はほんとうにその問題をつきつめて考えたことはないけれど話す習慣は持っているわたし自身はその習慣を持たないのだから彼もまたそれを持たないという場合も考えておくべきだったもっともそれはわたしのように一途に沈黙守っていくあのやり方よりはたぶんもう少しおおざっぱ歌うなんてことはおよそ問題外とわたしは思っていたのだが

何はともあれこれこそはいとも厳粛なる瞬間なのだなんたる展望わたしたちの共同生活の最初の局面の幕を閉じ第二のそしてこれこそ最後の局面人生の浮沈禍福有為転変それがどっさりつまってるその局面を垣間見させる瞬間なのだわたしの人生でもっとも美しい瞬間たぶんもっとも美しいなにしろ選択がむずかしいので

人間の声がここでわずか数センチメートルのところから聞こえてくるとはまるで夢その上

おそらく人間の心までもしわたしがイタリア語を学ばねばならぬとすればもちろんそれは
あまりおもしろくはないことだが

しかし最初に若干の省察を途方もなく長い時間のその上にちらほら点在するたぶん全部で
三十ばかりそのなかの二つ三つを見てみよう

いつものように方位方角見きわめて彼はわたしと同じ道をたどってきたのに違いない倒れ
るまではこの道をこれで省察が一つ

ある日わたしたちは連れ立ってふたたび旅路につくだろうわたしは見たのだわたしたち二
人の姿舞台の幕はひととき開いていたここで何かがまちがっているそしてわたしはわたし
たち二人の姿をぼんやりとかすむ二人の姿を見たこういうことはすべてあの小唄以前のそ
うずっと以前のことなのだ助け合って前進しそろっていっしょにばったり倒れともに抱き
合い出発のときが来るのをじっと待つ二人の姿をわたしは見た*

実在する人のまたは少なくともあのときには実在していた人の真似そんなことをするなんてわかっているよ悪いけれどしかたがないさそんなことをしゃべってもべつにかまうことはないときにはけっこう役に立つ楽しいときが過ごせるのだかまうもんか他人（ひと）さまに迷惑かけるわけじゃなしそれに誰もいやしない

さあこれでやっとわたしたちの共同生活第一の局面を通り越し残るは第二の最終局面第二部の終わりその後は第三部終曲だけ

調教の問題その解決と適用を同時に平行して少しずつそれから精神面で本来の意味での関係の端緒（たんちょ）と発展だがその前に詳細な注意を二つ三つ

右に移動するわたしの右足にあたるものはいつもの泥だけということはその結果膝（ひざ）が最大限に屈折しそれと同時に足が上がり今は足の話をしてるそして上から下へとずり下がるそ

の動きがピムの両脚に沿って見えるまっすぐに硬直したその両脚それはわたしの思ったとおりこれで一つ

わたしの頭が同じ動きをすれば当然彼の頭に当たるそれはわたしの思ったことしかし思い違いということもそこで頭は後退しそれから右に突進する予期したとおりの衝突が起こるこれでまちがいないわたしのほうが背が高い

わたしはもとの姿勢にもどりもっと彼にぴったり寄り添う彼の背丈はわたしの踝（くるぶし）から二三センチメートルだけ上までこれは彼が年長の所為（せい）だとわたしは考える

さて彼の両腕は聖アンドレの十字架*の上の部分のV型の角度をもう少しせばめた形わたしの左手は彼の左手に沿って上りその手にならって袋彼の袋のなかに入っていく彼は自分の袋をば両腕の内側の口の近くに置いているわたしならば心配でそんなことはできないだろうわたしの手が彼の手の上に重なるまるで紐（ひも）だ手の甲に浮き上がる彼の血管手は引っこん

でもとの位置左の泥のなかへと帰るもう何も言うことはないこの袋当分の間はもう何も

ピムの歌の後に続くしんと静まる深い沈黙途方もなく長い時間その沈黙の遠くから時計の音がチクタクとわたしはしばらく耳傾け楽しいときをしばし過ごす

彼の右腕にそってわたしの右手はたどっていく伸ばした腕の先端までかろうじて達してその先まで伸ばした指先にさわるものの感触ではどうやら腕時計とわたしはそう思ったそのうちこれが一役を演ずるときがやがて来ようそうだ（ウイ）と言う声それから否（ノン）と言う声が聞こえる

いやそれよりもこの時計は重い鎖のついた普通の大きな懐中時計そのほうがよい彼はそれを手のなかにしっかり握りしめている折り曲げた彼の指の間をわたしの人さし指が通路を掘るように進んでいくそして言う重い鎖のついた普通の大きな懐中時計と

わたしは彼の腕をわたしのほうへ背中ごしに引き寄せる動かなくなるまでいっぱいにおか

げで時計は一段と響きも高くチクタクとわたしはしばらくその音を甘露甘露と飲んでいる

さらになお動作をいくつか彼の腕をもとの位置にもどしてその次にわたしのほうへ逆方向にぐるりと上から左のほうへ腕が動かなくなるところまでこの動作は目に浮かぶ手首をわたしの左手でつかんで引っぱるその間右手で肘をそのあたりを後ろからしっかりおさえつけこういうことはどれもみなわたしの力の限界以上

もちろん泥から頭を上げる必要もなくわたしはついに時計を耳に彼の手を彼の拳をこのほうがよい耳にあてわたしはじっと長い間秒を刻む音を飲むえも言われぬ心地よいときそして展望

やっと放され彼の腕びくっと少し引っ込んでそれからじっと動かなくなるそこでまたもやわたしがその腕をもとの位置ずっと右の泥のなかへもどしてやらねばならぬというわけピムはこんなやつだこれからもこんなやつだろう与えられた姿勢のままいつまでもじっとし

ているそんなやつしかしそんなことは全体から見れば取るに足らぬ一つの岩

時計からわたしまで今はもう第三部ずっと右の泥のなかから見捨てられたわたしまで遠い道のりはるばると時計の音がチクタクとわたしはそれからいかなる利益も引き出さない今となってはもういかなる利益もいかなる楽しみももはやわたしは数えない過ぎて帰らぬ冷酷な時の刻みを一つ一つもはやわたしは測らないなんの持続も頻度数もわたしはもはや脈搏を九十九十五と数えたりそんなことはもうしない

時計はわたしにつきまとうチクタク秒を刻む音ただそれだけがときおり聞こえしかし時計をこわして遠くのほうへ投げ捨てるそれはだめ自然に止まるのを待つそれもだめどこかにさしつかえがあるようだ時計が止まるわたしは彼の腕を動かすすると時計は動きだすこの時計についてはこれ以上何も言うことは残っていない

わたしと同様彼の言うところではあるいはわたしの想像ではわたしと同様彼は名前を持た

なかったそこでわたしが彼に名をピムという名をつけたのだそのほうが便利で楽だと思ったのでまたしても過去形が顔を出す

この名は彼の気に入ったに違いないそれはよくわかるとどのつまりは気に入ったのだ最後に彼は自分で自分にその名をつけたずいぶん前のことだけどこちらでピムあちらでピムとうんざりするほどわたしはピムわたしはいつも言うのだが人がピムという名を持つときはそれは権利でも義務でもない権利でも義務でもなかったそうわたしは言ったものだ人がピムという名を持っていたときその上そのときからというものは万事上々元気でおしゃべり

この名が彼の身についたときわたしは彼に言いわたすわたしもピムだわたしはピムという名だとすると一瞬彼は気を悪くする当惑不機嫌それはもっともだよくわかるこれはこよなく美しい名だからそれから平静とりもどす

わたしにもそれはわたしにも役立ったそんな気がするとりわけ最初のうちはそうだった言

葉で説明しがたいが無名性から脱け出していわば前より明瞭になった

わたしもまたわたしも感ずるこの名前がわたしを少しずつ手放すのをやがて一人もいなくなろういまだかつて一人としていなかったピムというこよなく美しい名の持ち主はそうだ（ウイ）という声それから否（ノン）という声が聞こえる

わたしの待ち人いやべつにその人の存在を信じているわけではないけれど聞いたとおりにわたしは語るその人がもう一つ別の名をわたしにつけてくれるとよいそれがわたしの最初の名前になるだろうボムわたしをボムと呼んでくれるとよいそのほうが便利その名はわたしの気に入るだろう最後にMが来る一音綴あとはなんでもかまわない

ボム（**BOM**）という字を手の爪でお尻の皮膚に刻みつける端から端まで横文字で母音はちょうど尻の穴わたしの人生のある場面で彼はわたしが人生を一度は送ったことにするだろうその人生のある場面でわたしは言うだろうボム一族を旦那あなたはボム一族をご存じ

ない旦那ボム家の誰かの上に糞を垂れてもよいけれど旦那その男をボム家の者を辱しめる
ことはできませんぜ旦那ボム一族を旦那

だがしかし何はさておきこの第二部ピムとともに共同生活事の次第に結末をつけねばなら
ぬあとに残るは第三部終曲だけそのときなにやかやと言っている声が聞こえてくるなかで
も特に奇抜なのは十メートル十五メートル先まできている或る人が――わたしにとってそ
の人がその人にとってわたしがわたしがピムにとってピムがわたしにとってそうであると
ころのものであるその人が――到着するという話

なかでも特に奇抜なことは言葉の使用それがやがて帰ってくるほんとうに帰ってきたのだ
ほらここに耳を澄まして聴いてみるたしかにわたしは話している顔面下部の束の間の動き
音を伴って泥のなか顔を泥のなかに伏せかすかな声でささやくことはあらゆる種類ピムと
いう名の男のこと彼以前にわたしが送ったかもしれぬ一つの人生彼とともに彼以後にわた
しが送るかもしれぬ一つの人生

調教初期のまたは英雄時代の文字以前洗練以前の説明がむずかしい大筋だけそら行けストップこの種のことはとてもわたしの手に負えない泥のなかでわたしはもがいていた彼はもがいていただが少しずつ少しずつ

休憩時間にときどきは鰊（にしん）を一匹小蝦（こえび）を一匹そういうこともときどきはあった過去形が続くああいっそすべてのことが過去から過去へと続けばよいのにボムは来たわたしは去ったそしてボムが共同生活営んだとても快適だった楽しいときを過ごしたと譫言戯言（うわごとたわごと）かまうもんか鰊を一匹小蝦を一匹

裂けてはいないピムの袋は裂けてはいないなんたる不公平それともまたこんなふうに理解のおよばないことがいくつかはあるということ

わたしのよりは古いのに裂けてはいないたぶんこれは上等の　麻（ジュート）　なのだろうかしかもその

うえ半分はまだ詰まってるさもなければ何かをわたしが見逃しているということ

ある袋はからになって裂けるというのに他の袋はそうならないこんなことがありうるのか
この地下牢*のなかにまで恩寵の問題が入りこむとはなぜわれわれみんなを平等と考えたが
るのか或る人びとは消え去って他の人びとは永久に残る

聞こえることのいくらかを省略するいやもっと進んで全部を省略することだもう何も聞か
ないここにじっとうつ伏して両手で自分を抱きしめて昔の袋をぶら下げてわたし今はわた
しの果てしもなく昔のわたしの話わたしはすべての被造物を一人残らず埋葬するさぞかし
楽しいことだろうこの暗闇のなか泥のなか何も聞かず何も言わず何もできずいっさい無

それから突然すべて始まるひょっとしたら繰り返すものがいつもそうであるように突然出
発再出発十メートル十五メートル右足右手屈伸運動いくつかの心像が浮かぶまるで雲の切
れ目からちらほらのぞく青空のよう声にならぬ三つ四つの言葉くたばらぬように鰯をいく

つか泥に体がめりこんでいく袋を裂くくだらぬ戯言だらだらとこれをひと言で言うならば
古い道

次の人間からその次の人間まで他のどこへも開けぬ道詳細がわかるまでは他に目標のない
古い道彼にくっつき彼に名をつけ彼を調教し彼が全身血まみれになるまで皮膚にローマ字
の大文字をぱ刻みつけ二人は一生をともにする禁欲的な愛情で最後の楽しい鰊までそのも
う少し先までともに

ある晴れた日にぱっと消え身の回り品だけわたしに残し彼がぱっと消えうせて予言が真実
となるその日までそれから始まる新生活旅は終わり青空も消え泥のなかでささやく声それ
は真実すべては真実であるはずだそうして別の人が近づく十メートル十五メートルわたし
のピムに対するピムのわたしに対する関係と同じ関係のその人が

聞こえることを全部まったく聞かないでじっとうつ伏しピム以前と同じようにピム以後も

ピム以前と同じように両手で自分を抱きしめて袋をぶら下げじっとしてそれから突然古い道を次にわたしが会う人間のほうに向かって十メートル十五メートル屈伸運動季節から季節へとわたしのいつも同じ季節をわたしの最初の人間に向かって進んでいく戯言（たわごと）は幸いにして短期間

第一課主題は彼のうたう歌わたしは彼の腋（わき）の下に爪を立てる右手右の腋の下彼は叫ぶわたしは手を引っこめる彼の頭を拳固（げんこ）でぽかりとぶんなぐる彼の顔が泥に沈み歌は聞こえなくなる第一課の終わり休憩

第二課同じ主題腋の下に爪叫び頭に一撃沈黙第二課の終わり休憩これらすべてはわたしの力を越えた仕事

しかしこの男は馬鹿じゃない彼はきっと心のなかでわたしは彼の身になってみるこう言っているに違いないいったい彼はわたしに何を要求しているのだろうそれよりむしろこう

言ったほうがよいいったいわたしに何が要求されているのだろうこんなにわたしを虐待してこの問いに対して彼はみずから答えてみるぽつりぽつりと間を置いて途方もなく長い時間

わたしに泣き叫べと言うのじゃないそれは明らか言うまでもないなにしろ叫ぶとすぐさま懲らしめられるのだから

単純なサディズムだろうかいやそれも違うなにしろ泣き叫んではいけないのだから

わたしにはとうていできないことを要求するなんてそんなことはけっしてないこの人は馬鹿じゃないのだはっきりと感じでわかる馬鹿じゃない

わたしの能力のおよぶことそれはなんだと思われているのかそうだ歌うことだから要求されていることはわたしが歌うこと

わたしが彼であったならわたしはきっと最後にはそんなふうに言っただろうしかし誤解ということも神のみぞ知るわたしは利口な人間じゃないさもなければわたしはとっくに死んでいる

それはどちらであろうともいずれその日がやってくるまたこの言葉日という言葉が出てきたなわれわれ二人はどのぐらい数字は抜きだ途方もなく長い時間のその後にその日に到達するずいぶん前から腋(わき)の下の素肌に爪を立てられてそれというのも万策つきて場所を変えよう他にもっと感覚鋭敏なところ眼球亀頭を試みようという気になったがそれはだめ彼を困らすだけなのだ命にかかわることだけはなにがなんでも避けねばならぬ

そんなわけで腋の下爪を立てられ泣きもせず彼が歌をうたうというその日がついにやってくる歌声は上がる現在形ふたたび現在形で進行する

わたしは爪を引っこめる彼はそのまま歌い続けるどうやら同じ旋律を今度はわたしは音楽がかなりわかるわたしの人生今度は音楽が入ってくるそして今度は飛ぶように早くいくつかの単語だけ目空愛または恋愛うれしやわたしたち二人とも同じ言葉を使っているこれは法外な恩恵だ

まだあとがある彼が歌をやめる腋の下に爪彼はふたたび歌いだすこれでよしうまくいった腋の下と歌ラジオのボタンを回したらすぐに出てくる音楽と同じぐらいに確実にこの音楽は始まるのだ今後はいつでも好きなときこれを自由に楽しめる

まだあとがある彼は歌をうたい続ける頭に一撃彼はやめるすると同じくあれを頭に一撃をやめるいつどんなときでもストップを意味する合図の拳固の一撃もっともこれもよく考えるとなかば機械的に言葉に関するかぎりは機械的に意味するのだけれど

機械的なぜかと言えば頭に一撃ということは今は頭に一撃の話顔を泥に口と鼻とそのうえ

目まで泥につっこむという結果をもたらすところでいったいピムにとって言葉以外の何が問題になると言うのだ二つ三つの言葉をときおりピムはそれくらいのことはできるわたしは鬼でも蛇（じゃ）でもない

なんのかのと彼にできないことをねだりくたびれもうけをするつもりなど毛頭ないたとえば逆立ちしてみろとか立てとかひざまずけとか言うそんなつもりは全然ない

仰臥（ぎょうが）や横臥も要求しないわたしは別段意趣を含むところはないのだもうこれからは望みはしない誰にもそして刻一刻の時間にもできないことを義務とせよとは望みはしない途方もなく大きなシンバル巨大な腕を角二百度に開きじゃんじゃん打ち鳴らし奇跡奇跡できないことを無理して行なえできないことを耐え忍べそんなことはけっして言わぬ

ただ彼が歌ってくれればあるいはまた話してくれればそれでよい最初の段階では歌よりは話のほうがよいとすら言いはせぬただ彼が言いたいこと言えることをときおり話せばそれ

でよい二言三言それだけでよい

さて第一課第二集だがまず最初に彼の袋を取り上げねばしかしここで彼は抗(あらが)うわたしは彼の左手に骨まで爪をつき立てる骨と皮との距離は近い彼は叫ぶが放さないそのときから今までに彼は血をずいぶん流したに違いない途方もなく長い時間わたしは鬼でも蛇(じゃ)でもないこれはどこかで言ったはず袋に接近それはできるわたしの左手が袋に入りなかを掻(か)き回して罐(かん)切りを探るここで括弧を開く

特に詳しい説明も特に論ずる問題もないがここでわたしたちがいっしょになったそのとき以来多くの二人連れが満足してひと言の不平も言わずにお互いに相手が死ぬのを見ただろう自分の望みは果たしたので

そしてピムは終始一貫この間途方もなく長い時間身動き一つせずに過ごすただ唇とその付近顔面下部が歌うため叫ぶために動くだけそれから右手が間(ま)を置いてだんだん遠く間を置

いてときおりぴくっと動くのは淡緑色の時計の針を動かすため彼は時刻など見ることはけっしてあるまいその他の動きはもちろんわたしがいやおうなしに伝達するものピムは食べなかった

わたしは食べたそのことは何も言わなかったがわたしは食べたすべてを語ったわけではない語ったことは無に近いそれでもわたしとしては多すぎるわたしは彼に食物を与えた髭のなか泥のなかに隠れてしまった口もとに鱈の肝やその類いがぼとぼと滴るわたしの手のひらをおしつけしっかり擦ってみたが所詮はむだぼねくたびれもうけ彼がまだ何かで栄養を摂ってるとすればそれは泥いつも言うようにあれが泥であるとすればの話だがその泥を長い長い時間をかけて浸透作用毛細管現象

舌から舌が外に出るとき口から二つの唇が少し離れたそのときに鼻孔と目から栓や蓋が少し開いたそのときに肛門だめだこれは空気のなかにある耳もだめ

尿道どうやらそこからも最後の一滴まで排尿をしたあとで膀胱（ぼうこう）はずいぶんむりして液体を押し出したのでその反動で一瞬間吸いこむこともあるだろう毛孔からも尿道どうやらそこからも若干数の毛孔からも

この泥はいつも言うように人間（ひと）の生命（いのち）を維持する泥そして彼は袋にしがみついている結局そうなるほかなかったのだ聞いたとおりにわたしは語る袋は今もただ彼の枕の役をしているだけかいやそれは昔の話彼は腕を伸ばして袋を握っている窓からほうり出された男が必死に窓枠にしがみつくように

違うんだいいですかこの袋いつも言うようにこの袋はわたしたちにとっては食料庫以上枕以上頼りになる友人以上抱きしめるもの以上接吻でおおう表皮以上に大事なものまったく特別のものなのだもうそれはどんなふうにも利用はできぬただそれにしがみつくだけ袋のためにこれだけのことは言っておかねばならなかった

さて今度はわたしの左手第二部後半今はじっと静かなこの手この手は何をしているのかピムの左手のその横で袋をしっかりつかんでいるこの袋これについてはもう語るまい罐切りは罐切りについてはピムがやがて話すだろう

ずいぶん多くの罐詰がまだ残っている何かをわたしは見逃しているひとつずつ罐を泥のなかに出すやはり左手でそして最後に罐切りが出てきたそれを口にくわえ出した罐をもとに返す全部とはわたしは言わぬそしてわたしの右腕はこの間

ずっとこの間途方もなく長い時間こんなことはわたしの力のおよばぬことほんとうにピムといっしょだとわたしの力が抜けていくそれは不可避わたしたちは二人わたしの右腕は彼を抱き寄せる愛それとも捨てられはせぬかという恐れ両方少しずつだろうわたしは知らぬ誰もそんなことを言わぬそれから次に

それからわたしの右脚を上げて十の字に横切って彼の両脚を虜にする目に見えるこの動作

罐(かん)切りを右手に取って脊柱(せきちゅう)に沿ってずっと下がっていき尻に罐切り突き立てる穴のなかじゃないそんな馬鹿なことをするわけがない臀部(でんぶ)片方の臀(しり)彼の叫び罐切り引っこめ頭に一撃彼の沈黙すべて機械的に進行する第一課第二集終了休憩括弧閉じる

この罐切り不要なときにどこに置こう袋のなかの罐詰の間に入れるのは問題外手に持つ口にくわえるこれもだめ筋肉がだんだんゆるんでくる泥には沈むさてどこに

ピムの二つの臀の間ここに罐切りをしまって置く弾力性は乏しいがまだまだ十分ここなら安全ひとり言を言いながらどこかでそう言う声がするどこかに言葉が存在する*わたしにつき添う誰かがいればわたしはもっと万能な別の人間になっていたのに

いやもっと下だ腿(もも)と腿との間このほうがよい罐切りの尖端(せんたん)を下に梨形の握りの小さな球の部分ただそれだけがつき出るようにこれならなんの危険もないひとり言を言いながら遅すぎた伴侶のできるのが遅すぎたと

さて第二課第二集原理は同じ進行も同じ第三第四以下同様途方もなく長い時間そしてついにその日またしてもこの言葉その日がやってくる尻を刺されたそのときに叫ぶかわりに彼が歌をうたう日がなんて間抜けだこのピムはそれにしても尻と腋の下角質と鋼鉄とを混同するなんてそこで彼は拳固をくらう誓って言うが幸いにも彼は馬鹿じゃない彼は心に思ったはずだいったいわたしになんの要求この新しい虐待はいったい何を意味するのか

わたしに叫べと言うのかしらそれは違う歌えと言うのかそれも違うこれぞ淫乱的残酷の腋の下いやわたしたちは見たそれは違うほんとうにわたしには思いつかない

何か思惑があるはずだそれはいまさら言うまでもないこの人は至極聡明このわたしにできないことなど要求しないそれでは何がわたしにできるというのか歌うこと泣くこと他に何がわたしに何が他にできる何がわたしにできようか切羽詰まったそのときに

考えることならたぶん是非ともと言われるならばできぬことはないその他に今わたしは何をしているおやまたしても始まるのではなかろうか号泣拳固沈黙休憩

いやこれもまた違うのだなにかわたしにできることだめだほんとうにわたしは思いつかないいっそのこと尋ねてみたらそうだいつか尋ねてみようもしできればの話だが

たしかに馬鹿じゃない頭の回転が遅いだけやがてその日がやってくるわたしたちはその日にたどりつく臀を刺され今は臀じゅう傷だらけ叫びのかわりに短いささやきが聞こえてくるとうとうやった成功だ

罐切りの握りで杵で搗くように右腰をとんと一撃わたしの場所からは罐切りの先よりも握りのほうが便利叫び頭に一撃沈黙短い休憩尻にお突き聞きわけがたいささやき腰に一撃この意味はこれっきりで二度とは言わぬこの意味はもっと大きな声でということ叫び頭に一撃沈黙短い休憩

以下同様ときどきは身につけた習慣が錆びつかぬよう腋の下にも帰ってみる歌声が上がる大丈夫ぽかり切れたこういうことばかりの繰り返しもううんざりそろそろあきらめようとするとついにある日のこと腰を打たれたそのときに彼は馬鹿じゃないただ頭の回転が少し遅いだけ叫ぶかわりに発音を言葉を発音するではないかおいきみぼくはあのぼくはべつにおいきみぼくはあのぼくはべつにもういいもうわかった頭に一撃ついに成功まだまだ習慣にはならないがいずれそのうち身につくだろうここで何かを聞き洩らしている

道具を彼の股におさめ脚を彼の両脚の上から除けて右腕で彼の両肩を抱きかかえる袋と同じく彼は逃げることは不可能しかしわたしは信用しない長い休憩ひとり言言葉があるひとり言を言いながら遅すぎるもちろんそうだしかしそれでも早やすでにすべてが良くなり格段の相違わたしがこれでどれだけ得をしたことか

偽の存在の乱痴気騒ぎ共同生活しばしの恥辱わたしは非存在の闇に葬られたというわけで

はこれっきりというわけではない未来の時がそう言うだろう今言っている最中だそれにしてもかくも無残な泥まみれいやどうしてとてもそんなものじゃないそんなものじゃないいやどうして顔面下部の束の間の動き利用するんだ今のうちに沈黙を死の沈黙を今のうちに集めるのだ忍耐しよう

調教の続き特に言うことなし省略

基本的刺激表1歌え腋の下に爪2話せ罐切りの刃を尻に3やめろ頭に拳固4もっと大きな声で罐切りの握りを腰に
5もっと小さな声で人さし指を肛門に6ブラボー臀をぴしゃりと平手打ち7へたくそめ3に同じ8アンコール1に同じ場合によっては2に同じ

右手ですることは全部言ったところで左手はこの間途方もなく長い時間をどうしていたか

それは言った四方八方からぺちゃくちゃと今はわたしの心のなかに聞こえてるそれをささやいた泥のなか左手はいまだに袋を持ち続けピムの左手の隣で袋を握っているわたしの親指は滑りこんだ彼の手のひらとしっかり握った五本の指とのその間に

記名それからピムの声それが消滅するときまでそれで第二部は終了残るは第三部終曲だけ

さて爪を用い右手の人さし指の爪を用いわたしは文字を刻みつけるもし爪が折れたり落ちたりしたときはそれがふたたび生えるまで他の爪で間に合わせピムの背中最初は無傷のピムの背中に左から右へそして上から下へわれらの文明に従ってわたしは刻むローマ字わたしのローマ字大文字で

最初は熱心あとはだんだん不熱心彼は馬鹿じゃないただ少し頭の回転遅いだけ最後にはすべてを理解するほとんどすべてを理解するわたしが何も言うことをほとんど何も言うことを持たないというそのことを神*のことさえも神さまがいなければ夜も日も明けなかった幼

少のころ漠たる表現そのころとは違い今はときたま問題にするだけ神のことさえも最後に
彼はそのことを理解するのだおおよそは

幼少のころ信じていた世界のなかの罪という罪を背負って真黒になった子羊すっかり浄化
された世界父と子と精霊の三人いやまったくほんとうの話ところでこの信仰どうやらそん
な気がするのだがそのころつまりわたしが十歳十一歳のそのころに持っていたらしい信仰
をどうやらそんな気がするのだがそのとき以来途方もなく長い時間が経過してわたしは信
仰をもう一度取りもどそうとしていたらしい青い外套鳩奇跡彼は理解していた

わたしのものだったらしいあの幼年時代とてもそれは信じられないそれよりむしろわたし
は八十歳で生まれたような暗闇のなか泥のなか人が死ぬ年齢で生まれたような気がする
のだ上のほうへ上りながら水死人のように底から水面へ浮き上がりながら生まれたような
気がするのだいやはやこれもむだ話懸命にがんばってくれた四人の後衛幼年時代信仰青奇
跡すべては失われたもともとそんなものはなかったのだ

青い外套はそのとき眼前に白い埃（ほこり）をかぶってたこれは最近の印象愉快だろうと不愉快だろうとどんな心の動きにも乱されない印象これは容易なことではない

切れ目なしに段落もなくコンマもなくひと息ついて考える時間は一秒たりともなく切れ目なしに一気呵成（いっきかせい）人さし指の爪で書く爪が落ちるそのときまでそして疲れた背中にはあちらこちらに血がにじみそろそろ終わりに近づいていた昨日もそうだった途方もなく長い時間の昔にも

だが急げ初期の英雄時代の単純な例のなかから一つの例をそれからピムに話させる言葉が消えてなくなるまでそれで第二部は終了だ後に残るは第三部終曲だけ

さて右手の人さし指の爪を用いとても大きな大文字で二行たっぷり文は短く文字は大きく自分の言いたいそのことが字を書くほんの少し前にわかればそれで十分なのだ彼も大きな

装飾文字背中で感じとれるはず蛇がうねうね小鬼がちょこちょこありがたや文は簡単明瞭だ**おまえピム**しばらく間を置き**おまえピム**これを背中の溝に書くことが困った問題だ彼は理解できたかしら

彼の尻を普通に刺せばつまり話せと合図をすれば口から出まかせ精いっぱい彼は言葉をしゃべるだろうところが証拠がわたしには証拠が必要そこで特殊なやり方で刺すこの意味はもうこれっきりだが答えろということそこでわたしはそれをやるなんたる進歩なんたる成功

言葉では説明できない特殊な刺し方微妙なこつこれで満足に値する結果がえられある晴れた日に途方もなく長い時間のその後で彼は答えるわたしはティムまたはわたしはジムとピムとは言わぬとにかくまだ彼の背中は一様にむらなく感覚が行きわたっていないしかしいずれはそうなるだろうここまでくればたいしたもの事は成功したも同然休憩

もう一度やり直せばそれでよいあともう少しのがんばりだしっかりPの字を刻み刺し方ぴったりまちがえずそうすれば必ずある日ある晴れた日にたとえローマ字の子音をすべて使い尽くすことになろうと最後に彼は答えるのだこれには一分の狂いもないわたしはピム彼は最後にそう言うわたしはピム必ずそうなる運命だった尻にぴしゃりと平手打ち罐切りを股にはさみ彼の哀れな両肩を抱いて休憩成功だ

ざっとまあこんな次第でいまさら他の例など無用彼は不出来な生徒わたしはわたしで無能教師しかし無限の時間のなかでは言うべきだったわずかなことなど無に等しい

わたしはただこう言ったりああ言ったりするだけたとえば娑婆でのおまえの人生**娑婆での**間を置き娑婆での**おまえの人生**長い間を置きわたしの人生**光**長い間を置き光**のなかで**のなかでこの男の娑婆での人生光のなかでまあなんとか五七七の音数律よくよく考えれば単なる偶然

そこでわたしはわたしの人生なんたる人生わたしについてはひと言も一度たりともほとんど一度たりとも言いはせぬ彼もまた強制されぬかぎりは言わぬみずから進んで言うことはけっしてないがただしかしいったん調子に乗ったとなると喜々としてそんな印象または錯覚彼はしゃべったとめどもなく頭を拳固(げんこ)でぽかぽかと十回十五回なぐるまでときには彼の目鼻口穴という穴を糞のなかに押しこむほどにぶんなぐらなければとまらぬこともあったぽかぽかぽかとなぐらねば

作り話の割合が途方もなく大きいのはもちろんのこと途方もなく大きい割合まだ知らぬことを脅威を血だらけの尻ぴりぴり震える神経を作り話で語っているしかし架空か現実かそれがどうしてわかろうかそれは不可能人はそれを言ってくれないべつに重要なことでもなしいや重要なことなのだそれは重要であったのだこれはとってもすばらしい重要なことがあるなんて

さてあの人生どうやら彼が暮らしたらしいあの人生作り話か思い出か少しずつ両方だろう

わかるものか娑婆(しゃば)でのこと彼はそれをわたしに与えそれをわたしはわがものにしたのだったわたしの気に入ったものはとりわけ空とりわけ道彼が這(は)っていった道空のぐあいに応じて道はなんとさまざまに変わったことかそれから海へ大西洋へ夕方行った道島々へ出かけるときと帰るときそのときそのときの気分によってさまざまに変わったあの道いやそれほどでもないけれど道で出会う人はいつも少数顔なじみわたしは楽しいときを過ごしわたしは楽しいときを置き去り今は何も残っていない

生者のなかから帰ってきた親愛なるピム彼は誰か他の人からもらったのだあの生活一長一短の犬の生活わたしはそれを他の誰かに与えることになると声が最初は四方八方(あちこち)からぺちゃくちゃ今は心のなかに聞こえる声がそう言ったどうして信じられようか暗闇のなか泥のなかそんなことがどうしてあるのか娑婆の生活は代々永久に一つだけ好みとかああそうだ欲求とかは別にして

これぞわがものわたしが必要もっとも必要とするものだ変化する様相(すがた)これだいつも変わら

ぬ人生の欲求しだいで種々さまざまにいつも変わるその様相（すがた）しかし欲求欲求といってもこれはここの話じゃないここではいつも同じ欲求代々同じ渇きなのだと声がそう言った

声が言ったそのことをわたしはささやくわたしたち二人のために渇きはどれも同じもの人生は一つきり娑婆（しゃば）ではただ欲求しだいで変化はあるが所詮（しょせん）は一つきりの人生そう思いたいのでないかぎりどうしてそれを信じられようそれは日にその日の気分によりけりだまだまだ少しは気分が変わる音もなく言ってよいのだひとり言それを妨げるものはない何一つそれを禁ずるものはないどうやらわたしは昨日よりいくらか気分が明るいようだ

わたしにはもう見られない小さな場面第一部それらのかわりにピムの声光のなかのピム昼の青空夜の青空小さな場面舞台の幕は左右に開いていた泥が泥の幕が開き照明（あかり）がついた彼がわたしのかわりに見てるそういうふうに言ってもよいそれに反対するものはない

沈黙ますます長くなる沈黙途方もなく長い時間彼の答えわたしの問いどちらもますます長

い脱落光のなかの人生なんてもううんざりだ質問一つ数字は抜き時間は抜き途方もなく大きな数字途方もなく長い時間彼の生についての質問暗闇のなか泥のなかわたし以前とりわけ知りたかったのは彼がまだ生きているかというそのこと**わたし以前のここでのおまえの生活**完全な混乱

神そうだ完全な混乱切羽詰まって神について彼が神を信じていたかどうかといえばたしかに彼は信じていたがそれからあとは違うどうにも信じられなくなったどちらの場合にも一理があったやれやれ困った

わたしは彼を刺したずっと以前最後に彼を刺したのと同じようにただ彼が生きているかを知るためにぽかり頭に一撃泥のなかちょっとやそっとではくたばらぬ兄弟の汚れた涙

なにか声が聞こえるかただそれだけひとつの声いくつかの声それを聞いたことがあるかただそれだけわたしはそれを彼にたずねたわたしには聞けなかったまだその声はひとつのま

たはいくつかの声はわたしに聞こえたかったわからないが確かにそう

わたしもまた結局それを聞かずじまいになるだろう一度も聞いたことはないと声がそう言いわたしがささやくただ彼のピムの声だけいやそれも聞くことはあるまいもうピムはいないピムはいたことがない声があったことはないどうしてそれを信じよう暗闇のなか泥のなか結局声は心像(イメージ)はなかったずっと以前のこと

見本頭に浮かぶもの記憶想像それはすべて見本なのだ知るもんか娑婆(しゃば)の生活ここの生活天にまします神さまなど少しはわたしを愛したかピムはわたしを少しは愛したかどうかこのわたしが彼を愛したかどうか暗闇のなか泥のなかそれでもやはりいくらかの愛情を誰かを見つけるとうとう誰かに見つけてもらういっしょにくっつきいっしょに暮らすお互いに少し愛し合う愛されることなく少し愛し愛しえずして少し愛されその質問に答えること答えはぼんやりうす暗がり

第二部の終わり第一部はすでに終わり残るは第三部終曲だけ楽しいときだった楽しいときがくるだろうそれほど楽しくないかもしれぬそれは覚悟しておかねばしかしまずその前に小さな芸当最後のを新しい振り付けとそれが魂に与える効果

わたしは袋を手放しピムを手放すこれは最悪袋を手から放すなんてそら行け前進左の脇腹下にして右足右手屈伸運動右へ右へ彼を見失っては大変だ彼の頭の前を通りへアピンの形にぐるりと回りやはり右へそれから体をまっすぐのばし彼の右腕を乗り越えてぴったり横腹にそってストップ頭は彼の両足に彼の両足わたしの頭に長い休憩つのる不安

突然帰る西北の方向に右手で彼のだぶだぶの皮膚につかまり這い進む最後の小さな芸当だこうしてもとの場所まで帰還この場所を離れてはいけなかったもうここを離れることは二度とすまいわたしは袋をふたたび取る彼は動いてはいなかったピムは動いてはいなかった手と手はふたたび触れ合って長い休憩長い沈黙途方もなく長い時間

娑婆(しゃば)でのおまえの人生光はもう書く必要はない二行だけ今度はピムが話す番彼は頭(こうべ)を巡らす両眼に涙がいっぱいわたしの目わたしの涙もしそれを持っていたならそのときにこそわたしにそれが必要だった今は不要

右の頬を泥につけ口をわたしの耳に寄せ二人の狭い肩と肩が重なり合って彼の毛とわたしの毛とが交じり合い人間の呼吸かん高いささやきあまり声が大きいときは尻に指わたしはもう動くまいそしていまだにこの場所にいる

はやく頭に耐えがたいほど強い一撃をはやく長い沈黙途方もなく長い時間罐(かん)切り臀(しり)または彼が脈絡を見失っていたら大文字を**おまえの人生馬鹿娑婆馬鹿ここ馬鹿**ばらばらの断片をつなぎ合わせ話の順序は種々さまざまというほどでもないけれどそして終わりにするためにハッピーエンドで終わるため鋭い応酬**わたしが好きか**否(ノン)あるいはまた爪腋(わき)の下そして小唄ハッピーエンドで第二部を終わるため残るは第三部終曲だけいずれその日がやってくるわたしはその日にたどり着くボムが着く**おまえボム**わたしボム**わたしボム**おまえボムわた

したちボム

彼が着くわたしは声を持つだろうこの世界からいっさいの声は消えて聞こえるものはわたしの声一つのささやき娑婆で一つの人生を持ったもう一度ここで見るわたしのことをいろいろと少しの青空泥のなかに少しの白わたしたちのことをいろいろ小さな場面とりわけ空をそして道を

そしてわたしはわたしを見るわたしはわたしをちらりと見る十秒十五秒穴のなかに身をすくめじっとしているわたしの姿あるいはまたとうとう日が暮れ光が薄れ少しばかり光が薄れ善男善女は床につきわたしは急いで次の穴最後の穴ずっとましな安住の地を求めて歩くその姿さぞかし楽しいときが来よういったい娑婆ではどのような楽しいときを持ったのだろうここにはもう天に昇ることしかない

見本わたしの娑婆での人生ピムの人生いまはピムの話をしてるわたしの娑婆の人生わたし

の妻はストップ罐切り臀はじめはのろのろそれから全速とめどもなく頭に一撃長い沈黙

娑婆でのわたしの妻パムプリムもう忘れたあれから会ったことはない彼女は小山を剃っていたあんなのいままで見たことないわたしは彼の口ぶりを真似て話すいまはわたしの話わたしは彼の口ぶりを真似て話すぽつぽつと短い言葉を口走る鳥の文法それが過ぎるとけろっと忘れそれからどすんと穴に落ちる

わたしは彼の口ぶりでボムはわたしの口ぶりで話すだろうここにはただ一つの話し方しかない一人ずつ順番にと声がそう言った声はわたしたちの口ぶりでわたしたちみんなの声ぺちゃくちゃ四方八方からそれからあえぎが止まるときわたしたちの心のなかで聞こえる声話の断片わたしたちはこの古い話し方をそこからえた各人各様好みのまま欲求のままできる範囲で声が消えるわたしたちのが始まるそれとも繰り返しどちらかは知らぬ

パムプリムわたしたちは愛し合った毎日三日目ごとそれから毎土曜日それからときおり思

い出したように厄介払いするためにやがて尻からの起死回生をはかったがときすでに遅く
彼女は窓から落ちたまたは身を投げた脊柱（せきちゅう）骨折

病院であの世へ行くその前に毎日毎日ひと冬じゅう彼女は許したわたしをすべての人を全世界を彼女は神に呼びもどされだんだん善良になっていった彼女の小山は青くなり滑稽な想念まんざら悪くない死の床にあって彼女の陰毛はうす黒かったに違いないまた生えたのだ

ナイトテーブルの上の花彼女は首が回らないその花が見えるわたしはいっぱいに腕をのばし彼女の目の前にその花をじっとささえていた見えるものは彼女の目の前の右手左手それがわたしの見舞いだったそのあいだ彼女はひたすら許し続けた雛菊（マルグリート）はラテン語の真珠から出た言葉わたしにやっとわかったことはそれだけだった

白く塗った鉄のベッド幅は五十センチメートルすっかり白く床から高く四本足わたしがそ

こに見たものは愛の幻いやそれはもうたくさんだ見たものは他人の家具で愛人じゃない正
直言って

ベッドの足もとそのそばにすわって捧げ持つ花瓶（かびん）萌黄（もえぎ）色のシャンパングラス両足ぶらぶら
宙に浮き二人の間に花がある彼女の顔は花々の隙間からちらちら今はもうどんなだったか
覚えていない覚えているのはその顔が無傷だったことそれだけチョークのように真白でか
すり傷一つついていないそれともわたしの視線がきまらずあらぬかたを見ていたためか花
はたしかに二十ばかり

そこを出て道は下る両側に何千本の樹木が並びどれも似たような同じ種類なんの木だった
かはついにわからずその道は何キロもの勾配（こうばい）ずっとまっすぐそんなの今まで見たことない
頂上まで登っていく冬の凍（いて）つく上り坂黒い木の枝霧氷で鼠色（グレー）登りつめた終点に瀕死（ひんし）の彼女
はすべてを許し純白そのもの

柊を彼女はせがんだ苺などもなんでもよいいくらか色がありさえすれば緑をいくらか木蔦はあまり白すぎるなんでもよいわたしには見つけることができなかったと彼女に告げるその言葉と場所を見つけること彼女は夏の七八月にそれを見つけたに違いない言葉を見つけわたしが捜した場所を彼女に告げる左足右足一歩前進二歩後退

娑婆でのわたしの人生娑婆でのわたしの人生でわたしがしたことはあらゆることを少しずつあらゆることを試みてそれから断念なんとかうまくいっていたいつも同じ繰り返し一つの穴一つの廃墟いつも食べることばかりなんの才にも恵まれず複雑怪奇な世の慣例には向いていない隅っこばかりうろついて眠るだけしたいことは全部したもうこの上は昇天だけ

パパ思い浮かぶことは何もないたぶん建築現場のどこか足場から落ちて尻餅いや足場が倒れてそれといっしょに落ち地面にどすんと尻餅ついて体重百キロ破裂して死ぬあれはたしかパパだったひょっとしたら叔父さんかも

ママもまた何もない漆黒の円柱黒い手のなかに隠れて見えぬ聖書見えるは赤と金泥の本の縁だけ黒い指本のなかには賛美歌百何番おお神よ人はその命は草のごとく花のごとく*空高く風が吹き雲のなかに象牙（ぞうげ）のように白い顔なにやらつぶやく唇顔の下部全体それだけは思い浮かべることができる

誰ともついに誰とも知り合わずいつも逃走よそのどこか娑婆（しゃば）でのわたしの人生はいくつかの場所いくつかの道ただそれだけ短い滞在長い道程近道回り道安全な道いつも夜道薄暗がり少しばかり暗い道AからBBからC最後にわが家（ホーム）安住の場所倒れて眠る

最初の物音足音ひそひそ声かちゃかちゃかちゃかちゃ鉄の触れ合う音見ちゃいけない頭を両腕でとり囲み目は地面にくっつけて何よりもまず二重回し（インバネス）頭巾（ずきん）の陰で首を回し隙間をつくって目を開きすばやく目を閉じ隙間を閉じ夜を待つ

BからCCからD地獄からわが家（ホーム）地獄からわが家（ホーム）それからまた地獄いつも夜道ZからA神

のごとき忘却もうたくさんだ

彼は考えたかわたしたちは考えたか話すのに聴くのに十分なだけとてもとてもコンマロと耳悪賢いこの二つぴったりくっつき他のものは取り去ってこの二つを瓶（びん）に詰めそこで完了とするもし独白（モノローグ）に終わりというものがあるとすれば

それでは夢を見ていたのだ少なくとももとんでもない夢を見るなんてこのわたしがわたしがピムが来たるべきボムが考えるなんてこのわたしがちえっよせやい

一人きりピム一人きりわたし以前彼の声が帰ってきたとき彼は話していたのだろうかわたしの口調で第三部をわたしの口調わたしはささやく泥のなかあえぎがとまるそのときにわたしの心に聞こえることをきれぎれにあのときわたしが尋ねてさえいればわたしはそれができなかった知らなかった話せなかったまだそのときは彼とてもやはりそれはできなかったろう**さあどうなんだどうなんだ**わたしは知らぬ知ることはあるまいわたしは尋ねなかっ

た誰もわたしに尋ねはすまい

わたしの声が去っていく帰ってくるだろう最初の声が娑婆にもやはり声はない娑婆でのピムの人生なんてありはしなかった誰にも話しはしなかったずっと一人きりだった音のない唖の言葉それでけっこう顔面下部の束の間の動き大変な混乱わからなくなった

もしボムがついに来ないとするならば仮にそうだとすればそのときはどうして結末をつけようかあの臀部袋に潜り手探りする手これはすべて想像の産物それからあとのもの全部あの声慰藉約束もすべて想像の産物だ親愛なる果実親愛なる虫

それらすべて一語一語をいつもそのままに外から聞こえていた声があえぎがとまるそのときに心のなかに聞こえてくるそれをささやく泥のなかとぎれとぎれの断片を念のために繰り返す一語一語をいつもそのままもうこのことは二度とは言わぬさてそれでは何を使って結末を何かほかに残ったものがあるかしら第二部を続けて終わるその前にあとに残るは第

三部終曲だけそうだ一人きりこれだ一人きりというのが残っている悲しいかな

一人きりそれと証人わたしの上にかがみこみその名はクラム父子孫々わたしたちの上にかがみこみほんとかなそれと書記その名はクリム先祖代々書記の家少し離れて記録をとるすわっているか立っているかそれは誰も言ってくれぬ見本の抜粋

顔面下部の束の間の動き無音またはかすかな音

十メートル一時間四十分時速六メートル言い換えるとこのほうがはっきりわかる一分で十センチメートル指四本分ともう少しわたしは思い出したわたしの人生の日々手のひらの幅わたしの人生は無にひとしい生きた人間わずかひと呼吸

罐詰を開けようとして四苦八苦これはまだ見たことがないランプを取り替えるだけのことはある断念して袋に返す罐と罐切り至極平静

睡眠六分せわしい寝息目覚めたらすぐに出発六メートル足らず一時間十二分疲れ果ててくずおれる

不動の生活七年目の終わり八年目の始まり束の間の鼻の動きどうやら泥を食べている様子

午前三時ささやきが始まるわたしのびっくり仰天が過ぎるといくつかの断片を聞きとることに成功したピムビムたぶん架空の固有名詞夢物思い出ありえぬ生活みんな見込みで複数にさあできたこれがわたしの長男だ仕事場よさらば

ものすごく巨大な沈黙途方もなく長い沈黙完全な虚無先人のメモを再読時間を過ごすそのためにささやきの最初の日最後の日それに立ち合うとはなんたる果報者いったいわたしはなんの役に立つのやら

わたしたちのメモを再読時間を過ごすそのために問題なのは彼よりもわたしのこと彼がまだあらぬことを口走るとしてもせいぜいひと言だけこうしてすでに一年以上の時間が経過わたしはその十分の九をむだにするあれはいきなり出発し時を刻む音はかすかたちまち過ぎ去りすぐ終わるわたしはぱっと飛びかかる通り過ぎた後の祭り

墓石の仰臥像と同じぐらい動きがないしかも彼から目を離すことは厳禁いったいそれがなんの役にクリムは言うわたしの命数が尽きそうだとわたしも同様それでも思いきって彼を手放すことができないいっそのこと命数尽きてしまえばよいそれが唯一の解決だ

昨日祖父のノートのなかに彼が死を願っている個所を見つけた気力喪失は幸いにして家門の誉れ一時的なもので終わった彼は隠退のときまで立派に持ちこたえたわたしは幸い退屈無為笑わせないでこれは性格の問題だそれと血筋は争えぬ生まれながらのこの器用さ

わたしは彼の横に伏すけっこうな改革このほうが彼を横目で監視でき身震い一つ見逃さな

い昔の人がパパさえもがやったように小さなベンチに腰をかけるやり方よりもずっと便利それに彼の状態をあえて言えば目よりも耳で判断できるこれは明白率先躬行（きゅうこう）が必要

クリムも同様櫟（いちい）のように姿勢まっすぐ机に向かい仕事に集中手にボールペン書く身がまえ何一つ聞き逃すまいと油断なくやる気があれば仕事はいくらでももし何もないならわたしが考え出す何かに没頭していなければいけないさもなければ死

体のことを書いたノートが一冊臭わぬ屁（へ）同じく大便純粋な泥吸いこみ身震い袋のなかで左手のこまかな痙攣（けいれん）音のない顔面下部の震え頭のゆっくり落ちついた動き顔または左か右の頬が泥から離れてそのかわりに右か左の頬または顔が泥につくまたは右の頬か左の頬か顔がそれぞれの場合に応じこれは新機軸だとわたしは思うわたしにとっては点かせぎおかげで何かが思い出されるはて何かな

たぶん臨終のクラム七世枕カバーより白い頭そしてわたしはまだ青二才これでやっと終わ

りかしら長く静かな臨終の苦しみそしてわたしは後継者に選ばれた果報者ノートを見れば
万事わかるどんなときにも記入事項の見本が読める五月八日戦勝記念日彼が泥に沈んでゆ
く印象クリムはわたしを気違い扱い

第二の証人は鸚鵡（おうむ）返しにささやく役これにはほとんどお節介しない第三の証人これはわた
しの注解のため今まではすべてをそれぞれごちゃごちゃに同じ青黄赤のなかに入れてその
あとはそれを考えるだけで十分だったが

わたしのランプの光を浴びて汗をかきかき彼はつぶやく暗い暗いとひょっとしたら彼は盲
目きっとそうだ彼はときたま途方もなく大きな青い目を開くしかし伴侶（つれ）の姿はまったく
映っていない彼の頭のなかにあるものは暗黒それが友なのだ

彼に手を触れることは厳禁だが彼の苦しみを軽くしてやることぐらいはいいだろうクリム
は規則を破ってでも彼の臀（しり）の始末をしてやりたいと言っているそれがどんな危険を伴うか

それはわからぬわかるもんかいっそ何もしないほうが

偉大なクラム九世を夢想した今までのところではわれわれみんなのなかでもっとも偉大
会ったことのないのが残念だおじいちゃんは彼の思い出を話していた限界ぎりぎりのとこ
ろまで怒り狂った彼の思い出わたしはそれをむりやりに仕込んで紐でがんじがらめサラミ
ソーセージさながらにクリムは行方不明それ以来ついに会わず

彼こそはあわれみの情を持った最初の人家門の誉れ幸いにしてなんの効果もなかったが小
さいベンチを廃止した最初の人いやな改革結局は廃案それから三冊のノートの案これはそ
のままあとが続かずいったいどこに偉大さがそれはまさしくここにある

なるほど豊富な証言だがとどのつまりは異議があるとりわけ黄色のノートあれはここの声
じゃないここではすべてわたし何もないときには何も言わぬあのノートは放棄すべし

青い目わたしにはそれが見えるたぶん古い石だろうわたしたちの新しい昼光ランプまあい
いだろう頭のなか闇のなかの友人もちろんそうそれから声みんな声わたしには聞こえない
それにしてもなんたるみんなだ糞ったれわたしは十三代目

しかしもちろんここにもまたどうしてわかろうわれらの感覚われらの光いったいそれらは
なんなのかそれは存在の証拠なのだたとえわたしがここで十三わたしは十三代目と言って
もすでに前にどれぐらい前からかすでに他の王朝があったかも

この声をたしかに不幸なことだけどときとしてこの声を聞いたような気がすることもそし
てわたしの灯台がわたしの灯台など消えてしまえクリムはわたしを気違い扱い

あと二年ともう少し時を過ごしてそれから浮き上がるそれはいやだ横に寝るわたしがまだ
横に寝ることができるならそしてもう動かないそれならできる気力喪失後生だから家門の
誉れこれが一時的のものであるようにもう少し遠くまで行ければよいがもう少し遠くがあ

るとすればの話わたしたちはこの狭い光の場所しか知らないのだ昔は彼は動いていた本に
そう書いてあるもう少し遠くまで泥のなか暗闇のなかばったり倒れるわたしの長男彼の孫
きみのパパのじいちゃんと死に別れ彼は消えた泥のなか二度と帰ってこなかったきみの最
後のときがきたらそのことを銘記せよ

小さな手帳内緒のメモわたしの手帳その日その日の心情吐露そういうことはいっさい禁止
それは別にして一冊だけの大きな本そのなかにすべてのことがクリムは勝手に想像してる
わたしがデッサンを描いているとなんのデッサン愛した忘れた風景肖像

もうたくさんだ抜粋の終わりほんとにこんなことあったのかいやいや証人などない書記な
どいない一人きりそれでもしかしわたしには聞こえるそれをささやく一人きり暗闇のなか
泥のなかそれでもしかし

さてそれでは続けるため終わるためそうできるためにあともういくつかの小さな場面を光

のなかの娑婆の人生思いつくままありのまま鸚鵡返し最後の小さな場面をわたしは彼をスタートさせる頭に一撃ストップさせるこれ以上は聞きとれないかこれ以上は言えなくて彼が止まる二つのうちのどちらかだ罐切りをすぐにまたはすぐでなく多くの場合はすぐでなくそして沈黙休憩

彼は黙ったわたしが黙らせた黙るままにしておいた二つのうちのどちらかだ指定なし事は進行せず多かれ少なかれ長い沈黙指定なし多かれ少なかれ長い休憩彼をふたたびスタートさせる罐切りまたは大文字を場合に応じてそうしなければいつまでたっても一語たりともあとが続かぬ以下同様

穴は空白さもなければ多かれ少なかれ水がわき多かれ少なかれ穴は大きい今は穴の話をしてる程度の差の指示は不可能不必要わたしは穴を覚えている彼が穴から出て続行するのを待っているまたは思い違いに気がついて罐切りをまたは彼が穴にいるときもやはり罐切り彼が穴から出るのを助ける特に細かな指示はなしあるがまま思いつくまま鸚鵡返し第二部

を続けて終わるためできればそうするため残るは第三部終曲だけ
どんな国あらゆる国真夜中の太陽真昼の夜あらゆる緯度あらゆる経度
あらゆる経度

どんな人間黒から白まであらゆる色のスペクトルみんな試みそれから断念いつも同じこと
が続きあまりに漠然失礼お許しを生まれ故郷で死ぬために帰った二十代鋼鉄の健康娑婆（しゃば）で
の光のなかでのわたしの人生自活したなんでも試みたとりわけ建築あらゆる部門が好景気
とりわけ漆喰（しっくい）めぐり会ったはパムそう思う

恋愛恋愛の誕生生長衰微死尻からの起死回生のための努力を組み合わせ徒労もう一度あら
ためて女陰（コン）からこれも徒労窓から身投げまたは転落脊柱（せきちゅう）骨折病院雛菊（マルグリート）寄生木（やどりぎ）に関する
嘘（うそ）許したまえ

外出は昼いや夜薄暗がり少しばかり薄暗がり外出は夜昼は身を隠した穴廃墟あらゆる時代の廃墟が並ぶ土地だった脊柱の曲がった愛犬わたしの性器をなめてくれたダンプカーに少し頭が足りないのでダンプカーに轢かれ脊柱骨折三十代まだ生きてる鉄の健康わたしは何を為すべきか

人生を小さな場面をいくつかちょうどそれを見るのにいい時期帳が開く黒いビロード重く揺れ誰のどんな人生十歳十二歳都市の城壁の下の日向で眠っている埃が白く積もっている厚さはちょうど一寸ぐらい蒼穹ちぎれ雲その他いくつか細かな描写ふたたび沈黙が落ちてくる

どんな太陽何についてわたしは話したのかなんでもよい話したのは必要なこと何かを見てそれを娑婆と呼びそれはかくのごとしと言いそれはわたしだと言った十歳十二歳埃のなかの日向に眠る平和をうるため平和をえた罐切り臀次の場面と言葉

月光の海港の出口日は没し月が出て明るさはそのまま昼と夜船尾に小さな堆積（たいせき）わたしだわたしが見るものすべてはわたしあらゆる年齢潮流がわたしを連れ去る待たれた満ち潮わたしは島を捜しているとうとうわが家（ホーム）倒れてもう動かない夕方散歩島の岸沖の側それから帰宅倒れる眠る沈黙のなかに目覚めいつまでも開いたままでいられる目蟹（かに）と海藻の古い夢を生きる

遠ざかる船の船尾同胞の地消えてゆく灯火もしわたしが振り返ったら山の全景舷（ふなばた）を打つ浪の音がいっそう高く彼は倒れるわたしは倒れるひざまずき船首のほうへ這（は）っていく鎖のがちゃがちゃいう音がこれはたぶんもう一つ別の旅*別の旅との混同だどんな島どんな月見えるものを人は語るがときどきはそれに伴う想念もいろいろ場面は消える声はなおも数語を続ける止まることも続けることも声はできるそれが何によって決まるかはわからない誰もそれを言ってはくれぬ

何によってそれは爪によって手が死んでも生命は手を去るのが少し遅れ爪はまだ数ミリメートルはのび続ける死んだ頭の髪からも子供が転がすおもちゃの輪わたしは子供より背が高いそこでわたしが倒れて消える輪はもう少し転がり続け速度が鈍りよろめき倒れ消えてしまう公園の道は静か

続けることは不可能だ今はわたしの話をしてるピムじゃないピムは済んでる彼は終わったわたしが今いるのは第三部ピムじゃないわたしの声だこれをこれらの言葉を続けることは不可能だという言葉を言っている声はそしてピムはけっしていたことがないわたしも終わるため済むために待っているあのボムボムが来ることはけっしてないピムもなくボムもないそして声わたしたちみんなのぺちゃくちゃもあったことはない一つだけわたしの声だけ他にはなし

これらすべてそれをささやくのはピムではなくわたしわたし一人だけの声そしてノートを取っているわたしの上にかがみこみノートの言葉数は語られる言葉三に対して一五に対し

て二の割合で代々続く三対一それはともあれ何よりも続けることだしかし今はそれができない全然むりだこれだけは言っておくいやそれどころか狂気の沙汰だ聞いたとおりに泥にささやく泥のなかで狂気狂気おまえの戯言やめるがよい自分の顔に泥をひっかけろ海岸の砂浜で子供たちがするように田舎で石切り場で貧乏人の子がするように

すぐそばでぐるり四方で子供のときにはおまえでさえ砂掘り場でやったように灰色の髪の毛が三本しか見えぬほど泥をこめかみの上までかぶり古い鬘はごみ溜めに捨てられ偽の頭蓋には黴が生えて休憩おまえは何も言うことできぬ時間が終わるそのときにたぶんおまえは終わるだろう

それを全部言うときにわたしの声こんなのでないわたしの声もっと低くもっと不鮮明わかるのは要旨だけそして帰るピムのところまで彼が捨てられた地点まで第二部はまだこれから終わることもできるそれは終わらねばならぬこのほうがよい残るは三分の一五分の二それから終曲残るは終曲だけ

そこでF*の字を深く刻む光なんか糞くらえはやく終わりを娑婆(しゃば)の人生最後のもの最後の空たぶん蝿(はえ)と覚しきものが窓ガラスの上掛け布団の上を滑っているその前には夏がそっくりまたは真昼色彩の栄光(グロリア)窓ガラスの向こう側に洞穴(ほらあな)の入り口にそして幕が近づいてくる

二つの幕一つは左から他は右から近寄って合わさるまたは一つは下りて他は上っていくまたは垂れ幕を斜めに切って上の角の左か右から下の角の右か左から一と二と三と四が近寄って合わさる

第一の組合せ次に他のをその上に必要な回数だけやってみる第一は一二三四第二は二三四一第三は三四一二第四は四一二三必要な回数だけ

なんのため幸福(しあわせ)になるため目を瞳孔(どうこう)を大きく開いて真昼間に日が暮れるためいやそれより早朝の蝿四時五時に日が昇り一日が始まるとき蝿いまは蝿の話その昼その夏窓ガラスの上

掛け布団の上蠅の生涯一生の見おさめ最後の空

そこでFの字を深く刻みはやく終わり（fin）を娑婆光平手打ちそしてローマ字のIの上をとめる横線ひくために皮膚に爪を立てるそのとき突然待て待て早すぎる小さな場面がまたいくつか突然わたしはその上に黒海の聖アンドレのX型の十字架を深く描くそして罐切りつまりもう一度やれの合図をするわたしはこんな気まぐれをすることもある

もう一度わたしの人生光のなかの娑婆の人生袋のなかで動いてる静まるもう一度動いてる擦り切れた織り目を通してさす光が白さを失い鋭い物音は相変わらず遠いがいくらか近づいていまは夕方彼は袋のなかから出るとても小柄これもまたわたしわたしがふたたび現われる最初の人はいつもわたしそれから他人

年齢はいくつやれやれ五十六十八十歳しなびて膝つき臀を踵に両手は地面にまるで足のように間隔置いてこれははなはだ明瞭な絵腿が痛い尻を持ち上げ頭はぺこぺこ敷き藁に触れ

このほうがよい箒（ほうき）の音犬の尻尾（しっぽ）わたしと犬は進もうとするついにわが家（ホーム）

わたしの目が開くまだ明るすぎるわたしには一本一本の藁（わら）が見えるハンマーの音が少なくとも三つか四つ聞こえてくるハンマー鋏（はさみ）たぶん十字架または何かの装身具

四つ足で戸にたどり着き頭を上げもちろん戸の隙間から眺める世界の果てまでわたしはこうして膝（ひざ）をついて世界の果てまでいくだろう世界を一周するだろう膝で歩き両腕を前足がわりに四つん這（ば）い目は地面から指二本嗅覚が帰ってきたわたしが笑うと乾燥した天気のときは埃（ほこり）が舞い上がる膝をつきタラップをつたい中甲板にもぐりこみ移民の群れといっしょになる

ホメロスの紫の夕日の光街路に紫の光の波ひな蝙蝠（こうもり）はすでに外出わたしたちはまだ出ないそれほど馬鹿じゃないわたしが頭脳（ブレイン）いつも遠くに聞こえる音いつも近くに聞こえる音これは夕暮れの空気のためこういうことを理解せねばならぬそうすれば後になって誰か人が近

づくと思っても近づくのは車輪のきしみに過ぎないのだと理解できる鉄を巻いた大きな車輪小石に乗り上げて揺れたのだたぶん収穫物を積んだ馬車しかしそれなら蹄（ひづめ）の音が

かまうものかわたしはここに帰りついたいつもひざまずいてなんと長持ちすることか顔の前で合掌し鼻の先に親指を合わせ他の指の先端を戸の前で合わせ頭のてっぺんつまり頭頂を戸にあてた姿勢が見える何を言い誰に哀訴し何を哀訴すればよいのかわからずにかまうものか大事なものは姿勢だ意図だ

なんとわたしは長持ちすることかある日夜が来るだろうすべてが眠るときが来ようわたしたちはそっと外に抜け出すだろう藁（わら）を掃く尻尾（しっぽ）この犬は頭が少し足りないのだいよいよわたしかわたしたち二人のために考えるときあやっと幕が到着親愛なる幕が左から右から来てわたしたちを消してそれから残りのものを消し戸全体が消えてゆく娑婆（しゃば）の人生小さな場面わたしにはこれを想像することはとてもむりだったろう

頭に一撃死体解剖がなんになるそれから何それから何わたしたちは見てみるだろうそれから最後の言葉鋭い応酬**わたしが好きか馬鹿**（コン）否（ノン）ピムの失踪（しっそう）第二部の終わり残るのは第三部終曲だけあとを続けることはできない同じことを続けるだけ止まることが止めることがそうだむしろそれ止めることができるだろうか続けることはできない止まること止めることもできない

そこでピムは止まる光のなかの娑婆（しゃば）の人生それが我慢ならなくなってわたしはそれに賛成しまたはわたしが我慢ならなくなって頭に一撃二つのうちのどちらかだそれからどうなる彼わたし彼にそれを尋ねてみようしかしわたしのことが先だピムが止まったそのときにわたしはいったいどうなるのかしかしまず体のことをぴったり寄り添いわたしは北側よしこれは胴体と足のことしかし手はピムが止まるそのときに腕は手はどこにあるのか何をするのか

彼の右腕鎖骨軸のまたはヴォルガの聖アンドレ十字架のずっと右わたしの腕は彼の肩を抱

き彼の首は見えないさてこれでよし右腕と右手これがその本質にふさわしい状態かどうかわたしは知らぬ誰も言わぬそして反対の左の腕つまりわたしたちの左腕は前方に長く伸びて手はいっしょに袋のなかさてこれでよし四本の腕と四本の手だがいっしょにといってもどんなふうにただ触れ合っているだけかそれともしっかり握り合い

握り合いしかし握り合うといってもどんなふうに握手のようにそうじゃなく彼のは平たくわたしのは上に重ねて指をまるめ彼の指の間から滑りこませて爪は彼の手のひらにこれがあれこれやった挙句採用された指の位置この絵ははっきりよくわかるここで括弧幻が突然遅すぎる少し遅いわたしの命令がもっと人間的な別の通路を通っていくそのやり方の幻が

わたしの要求別の信号装置を使い全然別のより人間的で微妙なやり方手から手へ袋のなかで左の手爪と手のひらひっ掻き押しつけしかし右手はいつもと変わらずに頭に一撃小唄のために腋の下に爪臀部に罐切りの刃握りは腰を搗くために手のひらで尻をぴしゃり人さし

指は尻の穴必要なことを全部徹底的にかわいそうだがしかたがないそれから頭

頭と頭当然わたしの右肩は彼の左肩の上に乗りわたしはどこでも上になるしかし頭の並び方はどんなふうに二頭立て荷馬車につけられた二頭の老いさらばえた駑馬のようにいや違うわたしの頭顔を泥のなかにつけ彼の頭右頬下に彼の口はわたしの耳に二人の毛と毛はまじり合いわたしたち二人を引き離すそのためには一刀両断でなければだめといった印象さて以上が体と腕と毛と頭

さていったい彼とわたしはどうなったかもう一度過去のなかにあの姿勢に帰ろうピムが止まったあのときに彼が我慢しきれずにわたしもそれに賛成してまたはわたしが我慢しきれず頭に一撃ピムが止まったあのときにそれを彼に尋ねてみようしかしわたしはわたしは

問い何を今しがた彼が言ったかむしろわたしが聞いたか久しく黙っていたためにしゃがれた声の三分の一五分の二それとも全部一語洩らさず問いここで声が止まったときにこのな

かのどこかに考える材料があるかどうか牛小屋の戸に額をつけて無言の祈り遅すぎた許しの女を見舞いにいく凍った長い登り道他に何があったかな島の少ない小さな海の小潮の時刻(とき)に沖に出た夜または何か他の旅

そこにはこの広漠たる季節のひとときをまぎらすだけのものはあるそれとも喉(のど)が渇いたときにひと口飲んでさよならするほんの一滴の水だけか答え澱(よど)んだ水の一滴だってわたしは喜んでひと口吸う今このときには

そして問い間もなくわたしは彼に何を尋ねようこの上彼に何を尋ねるはたしてそれに専念できるかたとえ数秒の間でもそれは楽しい数秒になるだろう答えいやそれもやっぱり楽しくなかろう問いなぜだ答えなぜならもちろんわたしにはまだまだ理性は残ってる彼にわたしが尋ねたことはみんな忘れたただ一つ覚えているのは彼がまだ半分はわたしの腕のなか小柄な彼の全身をぴったりわたしにくっつけていることだけは知っているそして泥にまみれて黒くなったこの年齢不詳の小さな体のそのなかに沈黙の帳(とばり)が閉じるとき彼がまだ生き

ているという感じが十分

わたしといっしょに誰かがもっとわたしといっしょにいてほしいそしてわたしがまだここにいられるとよいこんな奇妙な願い沈黙がいつまでも続くので彼がまだ呼吸をしているのかたとえ数秒の間でもそれともわたしの腕のなかにあるのはすでに本物の死体もはや今後は責め苛むことはできない死体ではないかわたしの腕の下横腹の下がいまだに暖かいのはこれは単なる泥のせいではないかと思うときのこの願いそれはもう見た言葉のおかげであちこちの土地が見られる言葉とともに奇妙な旅

それでは愉快にもう一度屈伸運動ただ鰊が時々は小蝦がありさえするならば楽しい時が過ごせよう残念ここにはもう道がない道はここを通らない罐詰は袋の底で真空密閉永久に閉じこめられた死骸を包み声は何かの理由で止まる光のなかの娑婆の人生は沈黙とともにわたしたちも沈黙とともにこんな境遇に落ちこむのだ

わたしとにかくわたしは彼に尋ねようとにかくわたしはどうなるのか沈黙がここにわたしは質問を中継しそれからもう一度やり直すほら道が罐切りまたは大文字がそしてわたしの耳に寄せる髭のなかからむりにしぼり出した声娑婆の人生一つのささやき腰に罐切りの握りもっともっと大きな声でもっとはっきりそしてわたしはどうなるだろう声をなくしたそのときはもう一つ別のがえられようぺちゃくちゃわたしたちみんなの声それは言わなかった知らなかったそれからわたしの声があるそれもわたしは試みなかった

ほんとに何もわたしは何も語らなかった聞いたとおりにわたしは語るわたしはいつも言っていた顔面下部の束の間の音なき動きわたしの耳にささやくピムの声わたしは持ちたい娑婆の人生つまりわたしたちの小さな場面をいつまでもそれは不可能昼間は青空いつも晴れぽっかり浮かぶ白雲いくつか夜は星空天体はけっして黒くなることはない内密の意志内輪の秘密わたしの考えではいつも聞こえてくるのと同じ一つのささやき問いなどけっしてわたしはささやく自分の意見問いなどけっしてわが身をかすめたこともない疑いなどわたしはささやく自分の意見けっしてけっして

要するにピムの声それから無いわゆる人生小さな場面一分二分楽しいときそれから無それよりよいもの何もなし疑いもなくクラムは待ってる一年二年彼はわたしたちを知っているここで何かがまちがっている二年三年どちらにしても同じこととうとうクリムに言うことに彼らは死んでるここで何かがまちがっている

クリム死んでるって馬鹿なことをここでは人は死なないのだするとクラムは鉤爪のついた長い人さし指でよろめきながら泥に穴を素肌までとどく小さな煙道をそれからクリムになるほどおまえの言うとおり彼らは暖かいクリムはクラムに言うそれは役割逆転で暖かいのはほんとうは泥クラム一年か二年空気に様子を見させようクラムの指はまだ暖かいクリムそれは信用できない彼らの体温計ってみようクラム無用だ肌が薔薇色だクリム薔薇色だと馬鹿なことをクラム彼らは暖かくて薔薇色だかくしてわたしたちは無にして薔薇色疑いもなく楽しいとき

要するにもう一度だけこれっきりピムの声それから無無それからピムの声わたしは声を黙らせるとうとうわたしが存在しなくなるようにそして黙っていられるとつらくなりそれからもう一度スタートさせるとうとうわたしがもう一度存在するように何かをわたしは聞き逃しているだってわたしが大文字罐切りができてしかも存在しないというわけにはいかないそれは不可能それは道理わたしにはまだ理性が残っている

要するにもっと生き生きしてるということを言いたかった言っちゃった聞いたとおりにわたしは語るもっとなんと言おうかもっと生き生きほかに言いようがないピム以前第一部ではもっと独立不羈だったわたしの心像いろいろ見てた這ってた食べてたその気になれば少しは考えることさえしたかけ替えのない罐切りをなくしたそのころは人生に一千一のつまらぬものに未練があった感動笑いすぐ乾くそれ相応の涙もあった要するに未練があったということだ

もちろん虚無もそれにもかかわらず虚無もまた暖かく薔薇(ばら)色のまま*死者となり子宮のなかからすでにわたしは虚無的傾向が強かったわたしの記憶ますます薄れていくけれどわたしの記憶にまちがいがなければ子宮のなかからそうだったあえぎが止まるわたしはそれをささやく

ピムでさえ生き生きとピムとともにの冒頭第二部前半の最初の四分の一のところではピムでさえ今よりもっと生き生きしていたわたしが彼を調教する（実際にした）ことに成功（実際に成功した）しこんな仕掛けを考案しそれを実用化しあきれ返った話だがそれを運転することに成功したが結局は欠損というのはそのとき以来これははっきりしているが片目がなかば開いてはすばやく閉じわたしはその目に映る自分を見たそのとき以来残るのは声だけ

ピムの声それからぺちゃくちゃわたしたちみんなの声最後にわたし一人きりの声わたしたちみんなの声それからわたし一人きりわたしなりの声一つのささやき泥のなか希薄な黒い

空気のなか残るはただ短い音波秒速三百四百メートル顎面下部の束の間の動きささやきを伴って泥の表面にこまかな震え一メートル二メートルわたしがあんなに生き生きと今はただ言葉だけときどき思い出したようにささやきが

たくさんの言葉たくさんの紛失三つに一つ五つに二つ音声それから意味についても同じ比率そうでないときは聞きもらし皆無わたしはすべてを聞きすべてを理解しそしてもう一度生きる生きたわたしは言わぬ亡霊たちの間に陰を求めて娑婆の光のなかでとはわたしは言うここでと**ここでのおまえの生活**要するにわたしの声かしからずんば無したがって無かしからずんばわたしの声そこでわたしの声たくさんの言葉をつづり合わせて一つのささやきその主旨での第一文例

その主旨での文例声はわたしを去る他のものと同じようにそれから無あるものは無だけそれからボムボムとの生活古い言葉が遠くから帰ってきたいくつかの言葉に彼は執着彼はわたしの左にいる右手をわたしの体に巻きつけ左手は袋のなかでわたしの手のなか耳をわた

しの口につけわたしの娑婆での人生をかすかな声でばあさんに甘やかされた何人かの老人たち不滅の蒼穹夕方をもたらす朝普通じゃない時間のわけ方その名称ありふれた花人がなんと言おうともわたしには明るすぎる夜安住の地を次々と地獄のわが家彼はいつもわたしを道連れにするだろうときどきは随意にささやきついにわたしたちを滅ぼさなかった長いペストからそれからほら鼠のように一人ぼっち頭の先から足の先まで暗闇のなか泥のなか

またはその主旨での第二の文例ピムもなくボムもなくわたしだけ一つだけわたしの声声は去る帰ってくるわたしもそれといっしょに帰るまたは最後に灯の下で最後の第三文例理想の観察者の灯の下で口が突然動き出す口の周辺顔面下部舌が一瞬とび出す薔薇色涎が流れる真珠のようにそれから突然真一文字唇かくれ粘膜歯茎の痕跡もなくぎゅっと締めた唇の弓なりに反った一文字彼はなんの懸念もなくところでわたしはどこまで来たのかそれから突然もう一度それからそれからわたしはどこへ行こうそれからからそれからへしかしまず共同生活にはやく結末やっと終わる第二部やっとこれで残るは終曲

おまえの人生長い間**おまえのここでの人生**ぐっと深く長い間この魂は死んだのかなんたる恐怖思うだに恐ろしい**おまえの人生**まだ済まないのにささやきだす光昼の光夜の光小さな場面**ここ**血が出るほどすると誰かがひざまずきまたはうずくまり暗い片隅に薄明かりのなかで小さい場面が始まる**ここここ**骨までとどけ爪が折れるはやく別の爪を溝のなかに**ここここ**絶叫頭に一撃顔はすっかり泥のなか口も鼻も呼吸ができぬもう一度絶叫こんなの今まで見たことない彼のここでの人生年老いた少年の絶叫が黒い空気と泥のなかにこれはどうにも押えようがないよしもう一度やり直し**ここここ**骨の髄まで絶叫太陽の歳月数字抜きで最後にとうとうなんとかまでそれは飲めるもういいわかったここの人生この人生は彼にはできない

そこで問い**わたしが好きか馬鹿**この類（たぐ）い激しい応酬締めくくりとうとうここまでやってきた思い出すかどんなにしてここまできたかをいや（ノン）ある日気がつくとここにいたそう（ウイ）まるでここで生まれたようにそう（ウイ）言ってみればそう（ウイ）どのぐらい前だか知ってるかいや（ノン）全然わから

ぬそう思い出すかどんなにしてここに来たかをいやいつもこんなふうに暮らしたかそう泥
にべったり這いつくばりそう暗闇のなかそう袋を持ってそう

かすかな光もさしこまずそう誰一人いないそう声もないそうわたしが最初そう身動き一つ
せずそう這い進んだいや何メートルかはいやしばらくは食べた**食べた**をうんと深くいや袋
のなかに何があるか知っているかいや好奇心まったくなしそういつの日にかあるときに死
ねると思うか**いつの日にか死ぬ**いや

わたしがしたように生命を与えるということはけっして誰にもそう自分の肉にぴったりと
他人の肉を感じたことがきっとあるいやしあわせいやふしあわせいやわたしの体を感じる
いや責め苛むときだけはそう

歌が好きかいやしかしときどきは歌うそういつも同じ歌間**いつも同じ**そう物が見えるそう
しばしばいや小さな場面そう光のなかでそうしかしそんなにたびたびじゃないそうまるで

明かりがついているようにそう（ウイ）まるでそう（ウイ）

天と地そう（ウイ）人があちこちうろうろとそう（ウイ）そしておまえはそのどこかにそう（ウイ）どこかにうずく
まりそう（ウイ）まるで泥がひいたようにそう（ウイ）または透明になったようにそう（ウイ）しかしそんなにたび
たびじゃないそう（ノン）長くは続かないそう（ノン）暗闇はべつとしてそう（ウイ）それを娑婆（しゃば）の人生と呼ぶそう（ウイ）

ここの人生に対置して間**ここ**絶叫よし

これは思い出ではないいや（ノン）思い出は持たぬそう（ノン）必ずしも娑婆にいたとはかぎらないそう（ノン）目
に映るいろんな場所にいや（ノン）しかしたぶんいたのだろうそう（ウイ）どこかにうずくまりそう（ウイ）夜中に
人家の壁にはりついて歩くそう（ウイ）何一つ肯定できないそう（ノン）否定できないそう（ノン）だから思い出に
ついては話せないそう（ノン）しかしそれについて話すこともできるそう（ウイ）

自分に話すいや（ノン）考えるいや（ノン）神を信じるそう（ウイ）毎日いや（ノン）死を願うそう（ウイ）でも当てにはしないそう（ノン）
いつまでもここにいるつもりそう（ウイ）暗闇のなかそう（ウイ）泥のなかそう（ウイ）南京（なんきん）虫のようにへばりつき

そう（ウィ）動きもなくそう（ウィ）思考もなくそう（ウィ）永遠にそう（ウィ）

自分の言葉に確信があるいや（ノン）何一つ肯定できぬそう（ウィ）たくさんのことを忘れたかもしれぬい
や（ノン）いくつかの小さなことそう（ウィ）わずかな経験そう（ウィ）たとえば少し這（は）い進んだとかそう（ウィ）少し食べ
たとかそう（ウィ）少し考え少しささやいた自分一人のためにそう（ウィ）人間の声を聞いたいや（ノン）忘れたの
ではなかろうないや（ノン）わたしの前に兄弟にちょっとでもさわったいや（ノン）忘れたのではあるまい
ないや（ノン）

ほうっておいて欲しいそう（ウィ）静かにそう（ウィ）わたしがいないと平和そのものそう（ウィ）昔は平和だった
そう（ウィ）毎日いや（ノン）わたしがほうっておくと思ういや（ノン）まだこれからもわたしはいるそう（ウィ）ぴったり
寄り添いそう（ウィ）責め苛（さいな）むそう（ウィ）永遠にそう（ウィ）

だが何一つ肯定できないそう（ノン）否定できないそう（ノン）別のこともありえたそう（ウィ）ここでの人生間こ
ここでの人生は別のやり方でもできた間**ここでのおまえの人生**溝のなかに深く絶叫顔は泥の

なか鼻も口も絶叫泥のなかもういいわかった彼にはできない

娑婆（しゃば）灯がつく小さな場面泥のなかまたは古い場面の記憶彼は平和のために言葉を見つける**ここ**絶叫この人生は彼にはできないまたはできなくなった彼はできた事の次第他者以前に他者とともに他者の後でわたしの前にわずかばかりの経験をほとんどわたしと同じようにピム以前ピムとともに事の次第ここでのわたしの人生わずかな経験それをみんなわたしは言えたと思う聞いたとおりにわたしは語る彼の学んだ実例で終わろうとしてかすかな声で泥にささやくはやくはやくそのうちにわたしもできなくなってしまうピムはけっしていなかったこのわずかなものが一つとしてなかったことになってしまうだからはやくわずかな残りをはやく追加ボム以前にボムが来てわたしにここでの以前の人生の事の次第を尋ねる前にわずかな残りをはやく追加ピム以後ボム以前の事の次第

だからはやくやっとおしまい第二部事の次第ピムとともにやっと残るは第三部終曲ピム以後ボム以前事の次第だけ聞いたとおりにこう言いながらある日そんなこと全部いつも一語

も洩らさずに聞いたとおりにぺちゃくちゃ外から聞こえた声わたしたちみんなの呼吸あえぎが止まるそのときに心のなかに聞こえてくるそしてそれを泥のなか泥にむかってささやくある日わたしにピムに帰ってなぜかは知らぬ誰も言わぬ無から帰って一人きりでいることの驚きピムはもういないわたしだけ暗闇のなか泥のなかやっと終わった第二部事の次第ピムとともにとうとう残るは第三部終曲だけ事の次第ピムとともにボム以前事の次第これでおしまい事の次第ピムとともに

3

さあやっと引用はなお続く第三部事の次第ピム以後事の次第やっと第三最後の部分それに
向かって空気より軽く一瞬飛び立ったがどすんと落ちたたくさんの願い嘆息無言の祈り今
だに聞こえる最初の言葉はてそれはどんな言葉

もう時間がない聞いたとおりにわたしは語る泥のなかわたしはどんどん下降するこれは言
いすぎおおげさなもう頭はない想像力は底をつきもはや息も絶え絶えに

途方もない過去近いのも遠いのも年古りし無数の今日のなかの古い今日蜂鳥(はちどり)でさえ告げて
いるそれらはみんな過ぎ去る瞬間

広漠たる過去蜂鳥（はちどり）が左から来るそれを目で追うすばやく半円右　回り（デストロルスム）それから休息それから次それからそれからそれとも目を閉じそのほうがよい頭を下げてまたは下げず蜂鳥のあらしの前で網膜に小さな空白しばらくして束の間（つかのま）の黒それからぶうーんそれから次それらすべて

それらすべてほとんど空白飾りがたくさん足跡いくつかそれだけなにしろ誰がわたしがいつもいるので多かれ少なかれわずかなものわずかがそこにわずかだがそこにあるわずかだがそこにあるこれは必然

ピム以前はるか以前ピムとともに途方もなく長い時間さまざまな思想結局種類は同じ多種多様な懐疑論にいたるものさえある感動それに運動もそして動作部分と全体の動作彼が自己のすべてを求め真のわが家（ホーム）を求めて出かけたときと同じようなその動作

さてここに多かれ少なかれ昔が多く最近はだんだん少なくほんのわずか最後のこれらの時

間のすべてそうだこれが最後の時間極度に少なくてないも同然あちこちに何秒かがそれで
も一つのいくつかの人生に印をつけるには足りるたくさんの×印いたるところに足跡が消
すよしもなく

それらはすべてほとんど空白そこから取り出すものは皆無ほとんど皆無そこに入れるもの
は皆無これこそもっとも悲しいことたぶんもっとも悲しいことだろう想像力は下を向き底
につくこれを人は下降と呼ぶやってみたいのは

天に昇る結局これだけしか残っていないとどのつまり

それともじっと動かずにそれもよかろう体の半分泥のなかあと半分は泥の外

もう頭はないいずれにしてももうほとんどもう心はない喜ぶに必要な分量だけ底まで降り
てほんのちょっぴり存在することを要するに少しばかり下降することを少しばかり喜ぶだ

けの分量

少しばかりうれしくて存在することが少なければそれだけいっそううれしくてここにいると涙は減り少し減りここにいると言葉が欠けるすべてが欠けるほとんどすべて涙が減少言葉が欠如食物が欠如誕生さえも欠如するこんなことすべてがうれしがらせるきっとそうこんなことすべてがもう少しうれしい気持ちにしてくれる

事の次第これも欠如ピム以前ピムとともにすべて忘失ほとんどすべてもう何も残っていないほとんど何もうれしいことにそれは済んだあとに残るは以後だけだ事の次第ピム以後途方もなく長い時間ピム以前ピムとともに途方もなく長い時間あちこちにある数分も合計して果てしもなく永遠それと同じ長さの時間そのなかには何もないほとんど何も

目を細め引用はなお続く青い目じゃない後ろにいる他の連中の目目を細めて見る何かをどこかにピム以後に残っているのはもうこれだけ頭のなかの呼吸だけ残るは頭そのなかには

何もないほとんど何も呼吸だけはっはっ一分に百回息を殺す息が自分を殺すがよい十秒十五秒何かが聞こえる努力して聞くいくつかの古い言葉ピム以後の事の次第はどうであったかどうであるかはやく

ピムはやくピム以後を彼が消えてしまわぬうちに彼は全然存在しなかった存在したのはわたしだけわたしがピム事の次第わたし以前わたしとともにわたし以後事の次第をはやく

袋が一つああうれしい泥色の袋が泥のなかにはやくあきれたこれが袋とは周囲の色に染まったか元来そういう色だったか二つのうちのどちらかだ他のものを捜さぬことそれが他のどんなものでありえようたくさんのもの袋(サック)と言ってごらん最初に生まれた古い言葉一音(シラ)綴(ブル)で語尾にク他のものは捜さぬことすべては消え去るだろうけれど袋は生きのびよう言葉も物もそれは可能なことなのだこの不可能な世界のなかでそう世界この上何を求められようう可能なものそれを見てそれを名づけるそれを名づけそれを見るもうたくさん休憩いつかまたわたしは帰ってくるこれは必然

あえぎをやめる聞いたことを言う言ったことを見る*泥色の腕が袋から出るはやく言うのだ一本の腕ともう一本言うのだもう一本の腕短すぎてとどかぬとでもいったふうにぴんと伸ばしたその腕を見る今度はそれに手を加える指は開いて伸ばし爪はのびて怪物のようそれらすべて見えるものを言うそれらすべて

一つの体とるに足らぬものだけれど一つの体と言う一つの体を見る背面全体もとは白でいまだに白い部分がいくつかの斑点に頭髪は灰色いまだに伸び続けているもうたくさん頭一つの頭と言う一つの頭を見たすべてを見た可能なものはすっかり見た袋食糧生きた一つの体全体そう生きているあえぎを止めるあえぎよ止まれ十秒十五秒聞こえるのはこの息づかい生命（いのち）の保証人がそう言うのを聞く息づかいが聞こえると言うよかろう前よりもっと激しくあえぐのだ

ところが乾いた弱い息づかいほんのときたま風まかせ神のおしゃべり空転する古い風車ま

たは気分まかせまるで気分が変わるかのよう世界より年老いた黒い老婆*の大きな鋏ちょきちょき一秒に二本二分ごとに五本の糸を切ってゆくわたしの命の糸はけっして

これで全部わたしはもう何も聞くまい何も見るまいいやそうはいかぬ結末をつけるためにまだもう少しばかり古い言葉それがまだまだ必要だ第二部ピムの時代のときほど古くはない言葉あれらはとっくに終わった存在したこともないしかし古い途方もなく長い時間この声これらの声四方八方から風に運ばれたかのような声しかし息づかいは一つももう少し近い別の古さあえぎを止めるあえぎよ止まれ十秒十五秒いくつかの古い言葉がときおりちらほらそれらを綴り合わせて文章を作る

いくつかの古い心像いつも同じ青空はもうない青空は終わった存在したこともない袋両腕体泥暗闇生きている髪と爪それらすべて

わたしの声そう言ってさしつかえなければとうとうわたしの声が帰ってきた一つの声がと

うとうわたしの口に帰ってきたわたしの口と言ってさしつかえなければとうとう声が暗闇のなか泥のなかに想像もつかぬ長い時間

この息を殺すこの息が自分を殺すがよい一昼夜に一回二回娑婆の人間の時間で言えば一昼夜その下その上その周囲で地球が回るすべてが回るあの人間たちの一つのゴールから他のゴールへあんなに急いで駆けまわるその足音がこの息さえなければひょっとしたら聞こえるんじゃないかこの息を殺すこの息が自分を殺すがよい十秒十五秒聞き耳を立て

この古い物語ぺちゃくちゃと四方八方から次にわたしの心のなかに聞こえる断片この古い物語の断片に聞き耳立てる一回に二つか三つの断片を一昼夜ごとにそれらを綴り合わせて文章をさらにほかの文章をこれが最後の文章を作るピム以後の事の次第はどうであったかどうであるかここで何かがまちがっているそして終わる第三部終曲

この声これらの声どうしてもわからぬこれが合唱だったというんじゃないそうじゃない声

は一つきりだったこれがぺちゃくちゃつまり四方八方（あちこち）からどうやら拡声器つまり技術なのだしかしここで気をつけねば

気をつけねば二度と同じものはないさもなければ時間途方もなく長い時間老いて昔のおもかげもないいや違うなぜってよくあることだが前よりは後のほうがより新鮮でより強い病気や不幸は別としてそういうものもときにはとおる人は前より後のほうがよくなる少しはましになる

さもなければエボナイトか何かに録音する一つの人生そっくりを数世代をエボナイトにこれは想像できる妨げるものは何もないそれを全部混ぜ合わせ自然の順序を変えそれといっしょに遊ぶのだ*

でなければ結局同じ声わたしの過ち不注意記憶力不足時間がわたしの頭のなかで混ざり合うすべての時間前と最中と後とすべて途方もなく長い時間

そしていつも同じこと可能不可能な同じことをこれもわたしの過ちかもわたしにはそれしか見つからないあえぎが止まるそのときにそれしか聞こえぬ同じこと四つか五つの装飾つけて娑婆(しゃば)の人生小さな場面

わたしに声が語ったことわたしについて他の誰に他の誰について目を細めて二人目がいるか見ようとする誰に誰について誰にわたしについて誰についてわたしにひょっとしたら三人目がいるかもしれぬ三人目を目を細めて見ようとするそれらをみんな混ぜてしまう

ぺちゃくちゃわたしたちみんなの声どんなみんなだわたしの前にここにいたそしてこれからやってくるそれぞれがこの泥の海にひとりぼっちまたは互いにぴったりくっつきピムたちはみんな昇進した加害者過去の被害者それが過ぎ去るものならばそして未来のこれは確か大地が光を創(つく)ったことがないよりももっと確かそんなみんな

その声からわたしは聞き取る聞き取ったわずかに残っていたことを残っていることを事の次第ピム以前ピムとともにピム以後のなかでいまだに残っていることとそれからいまの事の次第までもそれのためにも声は言葉を見つけ出した

わたしがその声を失ってわたしの声をまだ持たぬときあの広漠たる穴事の次第はどうなるだろうそしてとうとうそれをえたときあの広漠たる長い時間そのとき事の次第はどうなるだろうわたしの声をえたときにわたしがそれを失ったときそのとき事の次第はどうなるだろうそのときのため

わたしがかあちゃん（ママン）かわいい人（マムール）*と言わねばならぬがそれができぬときその音を聞き唇音（しんおん）へのわたしの渇きをなだめねばならぬができぬそのときそのときからそのときとそれ以後のとき途方もなく長い時間のための言葉

顔面下部のむだな動き音もなく言葉もなくそして次にはそれさえもなくその必要もなくそ

れをあてにすることもなくそれが唯一の希望なのに他の何かを捜すそのとき事の次第はどうなるだろうそのための言葉をいくつか

その声からそれらすべてをあのほんのちょっぴりのなかから残ったわずかを聞き取ってわたしは自分に名をつけたあえぎがとまるするとしばらくわたしはあの古いわずかなものになるぺちゃくちゃわたしたちみんなわたしたちが上首尾に存在したことになるかぎりわたしたちみんなの昔の声のだんだん細くなってゆく聞こえると思えば聞こえるわずかなものにここで何かがまちがっている

つまり日々の愉快さの度合いに応じ黄金時代以来地上まれに見る愉快な日々に光のなかの娑婆（しゃば）で地に落ちた枯れ葉

つぎの春まで枝にひらひらばかばかしい緑のなかで黒く枯れてひるがえる枯れ葉もあるそうだなかにはこの状態でふた春過ごすひと夏半ひと夏と四分の三を過ごすのもある

ピム以前旅第一部右脚右腕屈伸運動十メートル十五メートル停止しばらくまどろみ鰯(いわし)の類(たぐ)いを何か一匹舌を泥のなかにいれて心像(イメージ)いくつか小さな場面音なき言葉落ちないようにしっかりとよくつかまってふたたび出発屈伸運動それらすべて第一部ピム以前しかしそのもう一つ前

もう一つの話を闇のなかに残しいや同じ話だ二つの話があるんじゃないそれでもやはり闇のなかに他の空間と同じようにいやそれよりはもう少し暗い闇のなかに残しておくいくつかの言葉のそれでもやはりいくつかの古い言葉いわば他人のことについての言葉をあえぎを止めるあえぎよ止まれ

ときおりちらほらいくつかの古い言葉を一生懸命聞こうとするそれらをくっつけ合わせて一つの文章いくつかの文章事の次第はどうなったのか一生懸命見ようとするピム以前じゃない第一部はもう済んだそのもう一つ前のこと途方もなく長い時間

二人わたしたちは二人だった片手をわたしの臀に乗せ誰かが来ていたベムペム*一音綴で一つのMが語尾にあればあとはなんでもかまわないベムが来てわたしの横にぴったり身を寄せしばらくしてからピムとわたしを見たわたしが来てピムにぴったり身を寄せ同じこと違うところはわたしピムベムわたしベムが左わたしは右で南側

ベムが来てわたしにぴったり身を寄せるわたしが捨てられ倒れていたその場所で一つの名を彼の名をわたしに与えわたしに生命を与えて語らせるここに落ちるその前に光のなかでわたしが持ったらしい娑婆の人生について語らせるみんなすでに言ったこと第二部でもう一つの第二部第一部の前違うところはわたしピムベムわたしベムは左でわたしは右で南側聞いたとおりを泥にささやく

さていっしょに共同生活わたしはベム彼はベムわたしたちはベム途方もなく長い時間その日まで日と聞いてそれを繰り返しささやく恥ずかしがらぬことまるで大地が太陽があるか

のように暗さが減り暗さが増すときがあるかのようにここで笑い

暗と明これらの言葉夜昼影光その類(たぐ)いそれらがやってくるたびごとに笑いたくなるそのたびごとにいやときどき十回のうち三回十五回に四回この比率試みるときどき同じ比率成功するときどき同じ比率

明と暗この類いの言葉それらが百回来るごとに三回四回笑いに成功一瞬身を震わせて一瞬生き返らせそれから前にも増して死人そっくりぐったりさせるその種の笑い

さてその日まで日とささやく恥ずかしがらぬこと笑わぬことベムが驚いたことにはここで何かが彼はひとりぼっち暗闇のなか涙のなか彼にとってはこの部分の終わりわたしにとってもわたしが驚いたことにはここで何かがまちがっているわたしは遠ざかる右脚右腕屈伸運動十メートル十五メートルピムのほうへ長い長い旅

すべてを忘れられる時間すべてを失いすべてに無知わたしはどこからやってきたかどこへ行くか頻繁な停止束の間のまどろみ鰯一匹舌を泥のなかに入れいくつかの心像空わが家小さな場面人類からはみ出してなかば転落顔面下部の束の間の動き音もなくベムという美しい名の喪失第一部ピム以前事の次第それは途方もなく長い時間だったそれは済んだ

それは来たそれは言われたささやかれた泥のなか事の次第ピム以前じゃないそれは済んだもう一つ前の第一部途方もなく長い時間たいへん奇麗だがこんなふうじゃないまちがっているここで何かがまちがっている

袋これは袋ピムは袋なしで出発彼はわたしに袋を残していったそこでわたしはベムに袋を残していったボムに袋を残していくだろうわたしは袋なしでボムと別れるだろうわたしは袋なしでベムと別れたピムのほうへ行くためにこれは袋

ベムわたしはベムといっしょにいたピムのほうへ行く前にわたしはそこで袋を持たずベム

と別れたしかし第一部ピムのほうへ行くときにわたしは持っていたあの袋わたしが持って
いたあの袋

あの袋わたしがベムと別れるとき持っていなかったしかもピムのほうへ行くときには持っ
ていたわたしが誰かと別れ誰かのほうへ行くのだということは知らないでわたしが持って
いたあの袋わたしは当然あれを拾ったのだまだまだわたしのものあの袋あれがなければ旅
もない

袋が必要食糧が旅するときには必要不可欠わたしたちはそれを見た見たはず第一部それは
必要これは規定こんなふうに規定されてるわたしたち

袋なしで出発したわたしが袋を持っていたしたがって袋は道中で拾ったものさあこれで難
問は乗り越えたわたしたちは袋を必要としない人に袋を残しこれから必要とする人から袋
を取り上げるわたしたちは袋なしで出発し袋を拾って旅ができる

一つの袋もしここで死んだらこれは死人が持っていた袋とうとう死んだその人が最後の瞬間にそれを手放し泥のなかに消えていったと言われるだろうしかしそうではないのだからこれは単純なただの袋感触で判断すれば五十キロ入りの石炭袋湿った麻袋で中味は食糧

要するに単純なただの袋出発するかしないかに食糧を持たずそれを見つけることも思わずそれを持った記憶もなくそれが要るとも思わずに暗闇のなか泥のなか出発するかしないかにわたしたちが見つける袋それがなければ旅は束の間ところがそうじゃなく途方もなく長い時間そして到着の少し前に食い残しの食糧を入れたまま失う袋それはもう見た第一部事の次第ピム以前

だからここには人間の数よりも多くの袋がある無限にあるもしわたしたちがむりに旅をするならばそしてなんたる無限の無益な無駄さあこれで難問は乗り越えたここで何かがまちがっている

わたしがベムを捨てる瞬間（とき）ほかの相手がピムを捨てるわたしたちが十万ならまさにこの瞬間五万が出発五万が放棄太陽もなく地球もなく回転するものは何もないいつも同じ瞬間いたるところ

わたしがピムに追いつく瞬間ほかの相手がベムに追いつくわたしたちのこれが規定（きまり）これが掟（おきて）五万の二人組（カップル）がふたたびできる同じ瞬間いたるところ同じだけの距離を置いて数学的これがわたしたちの掟なのだこの泥のなかではすべてが同一道も同一進み方も右脚右腕屈伸運動

わたしがピムといっしょにいるあいだほかの相手がベムといっしょに十万の人がうつぶして二人ずつぴったりくっつき途方もなく長い時間動くものは何もないただ加害者の役の順番に当たった連中がときおり右腕ひっかく腋（わき）の下歌の合図字を刻む罐（かん）切り突き刺す腰どんと突く必要なことをひととおり

ピムがわたしを捨てほかの相手のほうへ行く瞬間(とき)ベムはほかの相手を捨てわたしのほうへやってくるわたしの目の位置に身を置いてみるとこれはまさしく蚯蚓(みみず)の移住または尾のついた便所の虫の分裂繁殖の狂乱大賑(にぎ)わいの日々

ピムが相手に追いついてわたしといっしょにつくっているこの二人組(カップル)をさしおいて彼といっしょに別個の二人組をもう一度つくろうとするその瞬間にベムがわたしに追いついて相手といっしょにつくっているその二人組をさしおいてわたしといっしょに別個のカップルをもう一度つくろうとする

ここで閃(ひらめ)きベムはゆえにボムなりまたはボムはベムそしてぺちゃくちゃあの声は人生を人生のあの断片をあえぎが止まるそのときにわたしが聞きとる内心の声は三つのうちの一つ

わたしの聞いたところでは声が第一部旅以前事の次第を話しながらベムと言ったときそし

て第三部終曲放棄以後事の次第を話しながらボムと言ったとき声はほんとうは

ほんとうはどちらの場合にもただベムだけまたはただボムだけを言っていたのだ

または彼女はほんとうは不注意またはは粗忽(そこつ)から差異はないものと思いこみベムと言ったり

ボムと言ったりしていたのだわたしは声を擬人化する声は自分を擬人化する

それともまた旅以前事の次第を話すときと放棄以後事の次第を話すときと彼女は故意に両

者を使いわけたベムとボムとは同一人だということの納得がいかずに

声がわたしに到着を右脚右腕屈伸運動十メートル十五メートルと到着を予告したその人に

まったく見慣れぬ外見を装わせようとしてみたところで

所詮(しょせん)それは前の人声がわたしに言ったとおりわたしがその人の拷問を受けわたしが捨てて

ピムのほうへ行ったあの人なのだピムがわたしの拷問を受けそれからわたしを捨ててほかの相手のほうへ行ったように

行ったとしてもここのすべてを知らないでわたしたちの掟を知らないで立ち去るというのではないここでは去っていくということはないどこかへ向かってということもない

ここでは各人はいつも同一人を捨ていつも同一人のほうへ行くいつも同一人を失い自分を捨てる人のほうへ行き自分のほうへ来る人を捨てるそれがここの掟であることを知らないで行くのではない

数百万数百万わたしたちは数百万しかもわたしたちは三人わたしの位置はわたしの目の位置べムはボムボムはべムいっそボムと言うほうがよいそこでボムわたしピムわたしはまんなか

そこでわたしの心のなかに引用はなお続くあえぎが止まるそのときに聞こえる断片あの古い声語るは自分自分の誤謬（あやまち）自分の正確さについてわたしたちについて数百万のわたしたち三人のわたしたち二人組（カップル）のわたしたち旅と放棄わたし一人だけそれらについて引用はなお続くわたしの架空の旅架空の兄弟わたしの心のなかに聞こえるあえぎが止まるそのときに最初は外からぺちゃくちゃと四方八方（あちこち）から聞こえていたその断片をわたしはささやく

一つの声わたしに声があるとすればそれこそわたしのものと思いこんだだろう一つの声わたしがそれを聞くときに引用はなお続くほかにもそれを聞いているボムがわたしのほうに来るために捨てた者やピムのほうに行くためにわたしを捨てた者やその他にもしわたしたちが百万人なら四九九九九七人の放棄された者たちが

同じ声同じこと固有名詞を除けばなんの変わりもないそれも二つあれば足りる各人は名なしの権兵衛で待っている自分のボムを名なしの権兵衛で行く自分のピムのほうへ

ボムが放棄された者に名を与えるわたしボムおまえボムわたしたちボムじゃなくわたしボムおまえピムだわたしが放棄された者にわたしピムおまえピムわたしたちピムじゃなくわたしボムおまえピムだここで何かおおまちがい

かくして永遠に引用はなお続くここで何かを聞きのがしたかくして永遠にあるいはボムあるいはピム左か右か北か南か加害者か被害者かによってこの言葉は強すぎる加害者といってもいつも被害者は同じ人いつも同じそしてあるいは放棄された孤独な旅人ひとりぼっちの名なしの権兵衛これらの言葉はすべて強すぎるほとんどすべてが少しばかり強すぎる聞いたとおりにわたしは語る

またはただ一つただ一つの名ピムという美しい名わたしが聞きそこなうか声が言いそこなうわたしがボムと聞くときまたは声がボムと言うときあえぎが止まるそのときにわたしの心にボムという断片が聞こえる最初は外からぺちゃくちゃと四方八方(あちこち)から

第一部ピムのほうに行く前にはわたしはボムといっしょにいた第二部ピムがわたしといっしょにいたように

またはいま第三部右脚右腕屈伸運動ボムがわたしのほうにやってくる第一部わたしがピムのほうへ行ったと同じようにとわたしが聞くときまたは実際に声が言うとき

ピムと聞かねばいけないのだピムと言わねばいけなかったのださてわたしはピムといっしょにいた第一部ピムのほうに行く前にそしていま第三部ピムがわたしのほうにやってくる第一部わたしがピムのほうに行ったように右脚右腕屈伸運動十メートル十五メートル

そこで百万もしわたしたちが百万なら百万人のピムあるときは動かず二人ずつくっついて責苦というのは強すぎるがそれの必要からくっついていて五十万の小さな泥色の塊がまたあるときは千の千の孤独な名なしの権兵衛が半数は放棄され半数は放棄して

そして三人わたしたちが三人とするならば外からぺちゃくちゃ四方八方(あちこち)から聞こえていたこの声があえぎが止まるそのときにわたしの内部から百万人のこと三人のことを話すときわたしがもし引用もし声を心臓を少し頭を少し持っているならきっとこれはわたしの声かと思いこむひとりぼっちで捨てられたわたしは一人でそれを聞く

ひとりぼっちでささやくことは百万人三人わたしたちの旅二人組(カップル)放棄わたしたちが互いにつけ合うもう一度つけ合う名

これらすべての断片ひとりぼっちでそれを聞きひとりぼっちで泥にささやく泥のなかわたしの二人の伴侶(はんりょ)はすでに見たように目下前進の真最中(まっさいちゅう)わたしのほうに来るのとわたしから遠ざかるのとここで何かがまちがっているつまり三人それぞれが自分の第一部のなかにいる

または第五部のなかにまたは第九部または第十三部以下同様

正解

ところが声はすでに見たように第三部のまたは第七第十一第十五部以下同様の特性二人組(カップル)が第二部のまたは第四第六第八以下同様の特性であるのとまったく同じように

正解

ただしここに提案された順序すなわち第一に旅つぎに二人組そして最後に放棄という順序をとり他の順序はとらぬものと仮定して他の順序とはこれすなわち放棄から始め二人組を通って旅に到達するまたは二人組から始め最後に到達する

二人組に

放棄または

旅を通って

正解

ここで何かがまちがっている

そしてもしその反対にわたしがたった一人ならそのときはもう問題解決一つの解答それを
避けることは想像力をふりしぼらねばとてもむり

たとえばこんなふうにわたしたちの進路(コース)閉じた曲線わたしたちにそれぞれ一から百万まで
の番号がついているとすれば百万番はその加害者九九九九九九番を捨てて去るとき存在せ
ぬ被害者に向かって無人の境に身を投ずるかわりに一番のほうに向かう

そして一番はその被害者つまり二番に捨てられたとき永久に加害者なしで我慢するという
はめに陥らずに済むなにしろこの加害者の役はすでに見たように百万番が引き受けて遅い
ながらも彼なりの全速力で近づいてくる右脚右腕屈伸運動十メートル十五メートル

そして三人もしわたしたちが三人きりしたがって一から三にいたる番号だけしか持たぬと
すればいやむしろ四人そのほうがよいそのほうがわかりやすいもしわたしたちが四人きり
したがって一から四までの番号しか持たぬとすれば

そうすれば最大弦ａｂの両端に二つの場所があれば四種類の二人組と四種類の捨てられた
者に十分

それぞれ半円軌道のつまりなんと言うかａｂとｂａのトラックが二つだけあれば旅人たち
には十分

たとえばわたしが一番という番号を持つこれは当然そしてあるとき最大弦の端のａにおいて捨てられた自分を発見再発見するそしてみんなが右回りとすれば

そうすればわたしがふたたび同じ地点でそしてあきらかに同じ状態の自分を見つけるそれまでにわたしは逐次

ａにおいて四番の被害者ａｂを通って旅ｂにおいて二番の加害者ふたたび捨てられたただし今度はｂにおいてふたたび四番の被害者ただし今度はｂにおいてふたたび旅ただし今度はｂａを通ってふたたび二番の加害者ただし今度はａにおいてそして最後にふたたびａにおいて捨てられそしてもう一度始めから繰り返す

正解

そこでわたしたちのおのおのについて言えばわたしたちが四人とすれば最初の状態に復帰するまでに二種類の放棄と二種類の旅四種類の結合そのうちの二人は左側でいつも同一人の加害者わたしの場合は二番の加害者そして二人は右側でいつも同一人の被害者わたしの場合は四番の被害者

三番はわたしは知らぬまた三番も当然の結果としてわたしを知らぬ同じく互いに知らない二番と四番

そこでわたしたちおのおのについて言えばもしわたしたちが四人ならそのなかの一人はいつまでも未知の人またはただ噂(うわさ)でだけ知っているそれもありうる

わたしの交際は四番と二番それぞれ被害者と加害者としてそして二番と四番は三番と交際それぞれ加害者と被害者として

したがって原則としては可能なのだ三番に一方ではわたしの被害者の仲立ちによってその
また被害者である三番に他方ではわたしの加害者の仲立ちによってそのまた加害者である
三番にしたがって可能なのだわたしは繰り返す引用する三番にとってはわたしは完全には
未知の存在ではないことも可能なのだわたしたちはお互いに会う機会をついに持たなかっ
たとはいうものの

同様にもしわたしたちが百万ならわたしたちのおのおのは直接にはその加害者と被害者だ
けしか知らないつまりすぐ後に続く者とすぐ前を行く者とだけ

そして直接には彼らにだけ知られている

しかし輪舞（ロンド）のなかの自分の位置からはけっしてめぐり会う機会を持たぬ他の九九九九九七
人を噂（うわさ）でだけ知っているということも原則としてはおおいにありうる

そして噂（うわさ）で彼らに知られていることも

連続する二十の番号を取ってみよう

だがどれでもよいどれでもよいのだそんなことは問題じゃない

八一四三二六番から八一四三四五番まで

八一四三二七番は話すかもしれぬ話すという言葉は適切じゃない加害者は第二部で見たように唖（おし）なのだから八一四三二六番について八一四三二八番にすると彼は八一四三二九番に話すかもすると彼は八一四三三〇番に話すかも以下同様で八一四三四五番までこうして彼は八一四三二六番のことを噂で知るかもしれないのだ

同様にして八一四三二六番は八一四三四五番のことを噂で知るかもしれぬ八一四三四四番

が八一四三四三番に話し後者が八一四三四二番にそして後者が八一四三四一番に以下同様で八一四三二六番までそして彼はこのやり方で八一四三四五番を噂で知るかもしれないのだ

噂は伝わる無限に二つの方向に

左から右に加害者から被害者に内緒話が順に伝わる

右から左に被害者から加害者に内緒話が順に伝わる

これらすべての言葉繰り返して言う引用はなお続く被害者加害者内緒話繰り返す引用わたしその他すべてこれらの言葉は強すぎるふたたび聞いたとおりにわたしはふたたび語るふたたび泥にささやくただ無限だけがわたしたちに釣り合っている

しかしここで疑問いったいこれが何になる

なぜならたとえば八一四三三六番が八一四三三五番に八一四三三七番のことを話し八一四三三七番に八一四三三五番のことを話すとき結局彼は長年の知己の二人の相手が知っているような自分自身のことを自分に話しているだけなのだから

するといったいこれは何になる

それにこんなことはありえないように思われる

なぜなら八一四三三六番はすでに見たように八一四三三七番のそばに到着するときにはとっくの昔に八一四三三五番のことは忘れてしまって跡かたもないそして彼のそばに八一四三三五番が到着するときにはこれまたすでに見たようにとっくの昔に八一四三三七番のことは忘れてしまって途方もなく長い時間

ほんとうはここでは加害者を知るのは被害を被っている間の時間だけ被害者を知るのはそれを楽しんでいる間の時間だけその上

これらの同じ二人組（カップル）がこの限りない行列の端から端まで永遠にその分離と結合を繰り返すので百万回目これは想像できる百万回目と想像のおよばぬ第一回目とに見知らぬ二人が責苦の必要から結合する

そして予知できない臀（しり）の上に百万回目に暗中模索の手が置かれるとき手にとっては最初の臀臀にとっては最初の手

ここで何かがまちがっている

ことほどさようにそれはみんなあえぎが止まる聞いたとおりに泥にささやくことほどさよ

うにそれはみんな真実

だから人に聞いた知識はないもう一つの直接的とか実地探訪でえたとかいうほうの知識はどうかと言うと一方では加害者について他方では被害者について各人それぞれが持っているあのほうの知識はどうかと言うと

二人組（カップル）を思うときわたしたちがつくった二人組ピムとわたし第二部そしてまたふたたびつくる第六第十第十四部以下同様そのたびごとが思いもおよばぬ第一回目その二人組を思うとき

そのころのわたしたちはなんだったか各自自分のためまたお互いに相手のため

いっしょにぴったりくっついていて一体となる暗闇のなか泥のなか

いかにして各瞬間に各自がやめてそこにいるのは自分のためでも相手のためでもなくなっ
たか途方もなく長い時間

そしてもう一度いっしょにひとときを過ごそうと帰ってきたときこれを思うとき

苦痛残酷そんなものはちっぽけで束の間(つかま)

生命も声も持たぬ者がいささかそれらを必要としただけ

無理じいされた声いくつかの言葉生命なにしろあれは叫ぶのだからそれがなによりの証拠
ぐっと深く突き刺せばそれでよい小さな叫びすっかり死んでしまったわけではない飲む飲
みものを与えるさよならおやすみ

それは楽しいときだったこれも引用どこかで過ごした楽しいときそれを思うとき

ピムとわたし第二部そしてボムとわたし第四部それがどんなものになるか

そのあとで言うあんなときでさえお互いに親しく知り合ったと

二人いっしょにぴったりくっついて一体となる暗闇のなか泥のなか

じっと動かず右腕だけが動いているほんの束の間ときおり思い出したように必要なことを
ひととおり

そのあとで言うわたしがピムを知ったことピムがわたしを知ったことそしてボムとわたし
たとえ束の間であろうとも二人は知り合うことだろうと

そうだとも言えるしそうでないとも言えるそれは聞こえること次第

残念ながらそれは否ここでは誰もが誰をも知らない直接にも間接にも出てきたのは否わたしはそれをささやく

そしてもう一度残念ながらもう一度否ここでは誰もが自分を知らぬこれは認識のない場所それがたぶんこの場所の比類ない価値なのだ

わたしたちがだから四人か百万人かでまるく輪になっていればよいわたしたちは四人でお互いに無知百万人でお互いに未知そして各自は自分を知らぬしかしここでは引用はなお続くわたしたちはまるく輪になってはいない

それは娑婆の光のなかそれだけの空間があるところここでは直線東のほうへ一直線たとえわたしたちが四人だろうと百万人だろうと東のほうへ一直線これは奇妙だ冥土は一般に西にあるもの

そこで四人でもなく百万でもない

千万でも二千万でもなく偶数奇数を問わずたとえどんなに大きかろうと有限数のいかなる
数でもないそれはわたしたちの掟（おきて）のためそれによれば誰もたとえわたしたちが二千万だろ
うと誰一人としてわたしたちのなかに差別されるものがあってはならぬ

一人として加害者なしではいけない一番がそうなるかもしれぬようにそして一人として被
害者なしではいけない二千万番がそうなるかもしれぬように二千万番がこの行列のすでに
見たように左から右へなんなら西から東へと言ってもよい左から右へ移動するこの行列の
先頭にいるものと仮定して

そしてまた人の目にふれることはけっしてあってはならぬ

誰の目に

袋を供給する者の

そうかもしれぬ

彼の目に一方では誰一人近づいてくる者のないひとりぼっち他方では誰のところへも行く
ことのないもう一人のひとりぼっちこの二つの姿が映ることがあってはならぬそれは不正
そういうことは光のなかの娑婆(しゃば)でのこと

簡単に言い換えればこれも引用ひとつはわたしがひとりぼっちであることこの場合は問題
解決もうひとつはわたしたちが無限数であることこの場合も問題解決

ただし頭もなければ尻尾(しっぽ)もない暗闇のなか泥のなか一直線の行列をそれに伴う無限の変化

とともに思い浮かべることができるかという問題を除いてしかしそれはできるはず

いずれにしてもどうすることもできはしないわたしたちは掟にしばられているこれに異議を唱える声を聞いたことなし

その上想像もつかぬのろさでその行列は今は行列の話をしているときどき思い出したようにびくりと進む大腸のなかを移動する糞のようにそこで大賑わいの日々にふと思いつくこのまま行くと最後にはわたしたちは一つずつか二つずつ大気のなか昼光のなか恩寵の統治の下にうんこのように押し出されるのではあるまいかと

のろさそれについては数字だけがたとえ任意の数字でもおぼろげながら見当をつけるに役立つ

仮にこれも引用仮に二十年を旅に要するとしてさらにその上すでに聞いているのでわかる

ようにわたしたちが通過する四つの段階二種類の孤独二種類の同伴つまり加害者捨てられた者被害者旅人としてわたしたちが通過するふたたび通過するそういう規則になっているのでその四段階の期間はそれぞれ等しい

その上さらにやはり前と同じ恩恵によってわかるように旅は十メートル十五メートルの行程にわけて行なわれるその割合はまあ理にかなったところでひと月に一行程この言葉これらの言葉月とか年とかわたしはそれをささやく

四掛ける二十で八十十二半掛ける十二で百五十掛ける二十で三千割る八十で三十七半ゆえにわたしたちは一年に三十七八メートル進む

正解

左から右へわたしたちは進む各人が進む全体が進む西から東へ年年歳歳暗闇のなか泥のな

か責苦孤独年に三十七八まぁ四十メートルの速度（スピード）で

これがわたしたちののろさについておぼろげながらも上記の数字によってつけた見当この
数字については一方では旅の時間にあたる数字他方では行程の長さと回数を表わす数字を
認めればそれだけでわたしたちののろさについておぼろげながらも見当がつく

わたしたちののろさわたしたちの行列ののろさ左から東へ*暗闇のなか泥のなか

行列がその総計である無数の旅それから行程と停止とから成る旅と旅がその総計であるこ
れらの行程それらに似て不連続

わたしたちは這（は）っていく側対歩（アンブル）で右脚右腕屈伸運動腹這い無言の呪詛（じゅそ）左脚左腕屈伸運動腹
這い無言の呪詛十メートル十五メートル停止

最初は外からぺちゃくちゃ四方八方（あちこち）からあえぎが止まるそのときにわたしの内部に聞こえるそれらすべてそれらすべてはさらに低くさらに弱くしかしまだまだ聴きとれる不明瞭だが大意はとれるわたしの内部あえぎが止まるそのときに

ほんとうはここではすべてが不連続旅心像（イメージ）責苦さらには孤独までが第三部そこで一つの声が話しそれから黙るいくつかの断片それからあとは何もないあるのは暗闇と泥とだけすべては不連続続いているのは暗闇と泥

この声に似て不連続十語十五語長い沈黙十語十五語長い沈黙長い孤独最初は外からぺちゃくちゃ四方八方（あちこち）から途方もなく長い時間それからわたしの内部からあえぎが止まるそのときに断片いくつか

その声からわたしはすべてを伝聞する事の次第ピム以前さらにそれ以前ピムとともにピム以後事の次第それのためにも言葉をいくつかこれからはどうなるか事の次第それのために

言葉をいくつか要するにわたしの人生途方もなく長い時間

わたしは聞くもう一度泥のなかでわたしにささやくわたしの声そしてわたしはもう一度存在する

暗闇のなか泥のなかわたしがした旅袋を首にさげ一直線に絶望のなかに一縷(いちる)の望みわたしはこんな旅をした

それからわたしは何か他のことをして旅はしなかったそれからもう一度他のことそしてもう一度旅をした

そしてピムどのようにわたしが彼を発見したか苦しめたか話させたか失ったかそんなことすべてが続くかぎりあえぎが止まるそのときにわたしはすべてを持った

そしてどのようにわたしたちが三人四人百万人であるかわたしがここにピムボムともう一人と他の九九九九七人とともにいるかいつもいたか一人で旅をし一人で泥に横たわり責め苛(さいな)んだり責め苛まれたりいやもちろんほどほどにいいかげんに血が少し叫びが少し言葉が少し光のなかの娑婆(しゃば)の生活青空少し小さな場面渇きを止めるため平和のため

そしてどのようにわたしたちが四人だけ百万人だけでわたしはここにいるいつもいたピムボム無数の他の連中と行列のなかに終わりもなければ始めもない左から右へ一直線に東のほうへ奇妙なことだ暗闇のなか泥のなかものうげにゆっくり動く行列に加害者と被害者との間にサンドイッチになっているかそしてどのようにこれらの言葉が十分に弱くなく大部分は弱さが不十分であるかを

またはひとりぼっちで問題解消ピムを持ったこともなくボムも旅も持ったことなし暗闇と泥は別それに袋もこれらはたぶん常住不断それから声は自分が何を言っているかを知らずわたしはそれを聞きそこなうもしわたしが声を少しの頭少しの心臓を持っているとすれば

わたしの声と思いこみそうなあの声最初は外からぺちゃくちゃと次にわたしの内部からあえぎが止まるそのときにいまはもうかすかな声あるかなきかの息づかい

それらすべてそれらすべてが続くかぎりあらゆる種類の人生をあえぎが止まるそのときにわたしは持ったそれらすべて聞こえること次第であれこれすべてを知った拷問をしたそれを受けた聞こえること次第で現在形でも未来形でももちろんそれを聞くだけでよいあえぎが止まるそのときに十秒十五秒あらゆる種類の人生その断片を泥にささやく

そして最後にどのようにしていまもう一度あえぎがさらに激しくなり激しさがますますつのり空気を求める獣のようであるかをそしてこのようなあえぎをもう一度止めるもう一度それが止まってくれるとよいそしてこの声をもう一度聞く最初は外からぺちゃくちゃと四方八方から次にわたしの内部から断片いくつかもう一度あえぎが止まるそのときにどのようにしてそれが間もなくたぶんもうだめになるかを

そのときに引用はなおも続くそのときからそのときとその後のときわたしはこの声これらの断片に他ならぬゆえついに無と化すことだろうしかしもうちょっとの間はやめないで第三部終曲の終わりもうほとんど終わっているはず

そうだそれに暗闇のなか泥のなかでのひとあえぎ所詮（しょせん）はそれに到達する旅二人組（カップル）放棄すべてはそこで物語られる持ってそれから失ったかもしれぬ加害者したかもしれぬ旅持ってそれから失ったかもしれぬ被害者心像（イメージ）袋娑婆（しゃば）の小さな物語小さな場面青空すこし地獄のわが家（ホーム）

声がぺちゃくちゃ四方八方（あちこち）からそれから内部に小さな丸天井の下小さな納骨堂ががらんどうで出口もなく八面の壁は光があれば白骨の白さ小さな炎がぼーっとつけばすべては真白そのなかで十語十五語まるでただよう吐息のようにあえぎが止まるそのときにそれから嵐呼吸生命（いのち）の証（しるし）第三部終曲それはほとんど終わっているはず

あえぎが止まるそのときに自分の人生長い旅同胞の道連れ見失ったり見捨てられたり自分の人生を持つからには持ったからにはそれらすべてが到達するのは暗闇のなか泥のなかでのあえぎだけ何かの笑いに似ているが笑いではない

またはここですべてが始まる未来の人生未来の加害者未来の旅未来の被害者二つの人生三つの人生過去の人生現在の人生未来の人生

この最後の人生はいささか想像がつきかねる旅人として始めるかわりにわたしは被害者として始め加害者として続けるかわりに旅人として続け捨てられて終わるかわりに捨てられて終わるかわりに加害者として終わる

なんだか肝心のものが欠けているみたい

この孤独そのなかで声がそれを物語るこれこそ孤独を生きる唯一の手段*

旅するときのあの別の孤独のときに声がわたしの人生をつまり第一の過去と第二の過去と一つの現在のかわりに一つの過去と一つの現在と一つの未来をわたしに教えてくれないならここで何かがまちがっている

未来の予言と最新ニュースとのさわやかな交替それによってわたしは順に教わるたぶんそのおかげでわたしはいつまでも若いのだろうわたしの人生はどうであったか事の次第を話は相変わらずわたしの人生

事の次第ピム以前にはどうだったかピムとともにどうだったか現在はどうであるか最終版

事の次第ボムとともにどうだったか現在はどうであるかピムとともにはどうなるか

事の次第現在はボムとともにどうなるかピム以前にはどうなるか

事の次第相変わらずわたしの人生ピムとともにどうだったか現在はどうであるかボムとともにはどうなるか

束の間の印象これも引用よくよく考えると四つの部分または挿話を含んでいることになる

事件を三つにわけて紹介しようとしてあやふく片手落ちになるところだった

やっと終わるこの第三部に通常なら第四部が加わるべきなのだそこではこの最終版ではほとんどまたはまったく見えない千の他のもののなかでとりわけ次のものが見られよう

ピムの尻に罐切りを突き刺しているわたしのかわりにわたしの尻に罐切りを突き刺しているボムの姿を

そしてピムの叫び彼の歌むりやりにしぼり出した彼の声それらのかわりにみわけのつかぬほどそれによく似たわたしの叫びわたしの歌と声が聞こえよう

しかしわたしたちはけっして仕事中のボムを見ることはないだろうわたしは暗闇泥のなかあえぎながらいつまでも停止しているだろう引用わたしたちの人生全体の四分の三しか語らぬように声はつくられているので

あるいは第一第二第三の区分あるいは第四第一第二の区分

あるいは第三第四第一の区分あるいは第二第三第四の区分

ここで何かがまちがっている

もし声がわたしを最終版でのように旅人としてまたは同じく可能な版で捨てられた者とし

て始めさせるかわりに加害者または被害者として始めさせた場合にそうなるようにたとえ
二つの異なった形であろうと二人組（カップル）の挿話が同一の報告に二度も出るのをきらうように声
はつくられているので

そこで先刻言ったことを訂正する必要が生じてくるそれにはこう言えばうまくいくわたし
たちの人生全体の声が自由にしている四組の四分の三のうち二組*だけしか報告に適さない
と

その第一区分が旅である四分の三最終版その第一区分が放棄である四分の三これまた弁護
しうる版

次のことをよく考えてくだされば声がいやがるのもむりからぬことと了解いただけよう二
つの孤独旅の孤独と放棄の孤独とは明らかに相違するしたがって別個に扱われるに値する
ことそれから二つの二人組わたしが北側に加害者として現われるのとわたしが南側に被害

者として現われるのとこの二つは正確に同じ場景を構成すること

すでに加害者として第二部ピムのそばで暮らしたのでわたしがボムのそばで被害者として暮らす第四部は知る必要はないことになるこの挿話は予告するだけで事足りるボムが来る右脚右腕屈伸運動十メートル十五メートルと

または感激感動など急にそんなものに興味を覚えるそれにしても一体全体どうしたというんだいこれも引用誰が苦しんでいるのかしらかすかな波動がここにかすかに震える声が

どうしたというのだ誰が苦しみ誰が苦しませているのか誰が叫び誰を平穏にしておくのか泥のなか暗闇のなか支離滅裂に早口で語る十秒十五秒太陽雲大地海青い斑点明るい夜それから立っているまたはまだ立つことのできる一人の人間想像力の枯渇いつも同じものばかり彼は穴を捜しているこの夢幻劇のまんなかで人に見られるのをきらいそして人間の尿の一滴を飲み息も絶え絶え残る力を振りしぼって自分の一滴を人に飲ませるなにしろ彼は一(ひと)

角の人物なのだから各人それぞれ順番にこれがわたしたちの掟そしてこれには終わりがないそれも掟みんな死ぬか誰一人いなくなるかせぬかぎり

そこで二つの版が可能一つはこの最終版もう一つはこれがやっと終わったところから始まりその結果旅で終わることになる版暗闇のなか泥のなか旅人は右脚右腕屈伸運動ひたむきにどこからともなく誰からともなくただひたむきに前進あるのみ永遠の昔から旅を続け永遠に旅を続けていく引きずる袋の食糧はしだいに減少でも食欲はさらにはやく減退

そこでこの報告の足跡検証は順序が逆それからすでに一度左から右へ踏破したからには今度のコースは右から左へ溯るこれに反対するものはない

ただし依然として中心にある二人組の挿話を想像力を振りしぼって適当に調整するという条件つき

ここで何かがまちがっている*

それからすべて最初は外からあえぎが止まるそのときにわたしの内部から断片が十秒十五秒それらすべてさらに小さくさらに弱く不明瞭だが大意はとれるわたしの内部あれが息が静まるとき今は息の話生命（いのち）の証（あかし）それが静まるまるで光のなかで最後の息をひきとるときのようにそしてもう一度始まる一分に百十百十五回の息それが静まる十秒十五秒

そのとき聞こえるわたしの人生ここでの人生どこかでわたしが過ごした人生今もなお過ごしているこれからもまだある人生きれぎれの断片綴り合わせて文章に途方もなく長い時間昔話わたしの古い物語ピムがわたしを去るたびごとにボムがわたしを見つけるまで昔話がそこにある

言葉ぺちゃくちゃそれからわたしの内部にあえぎが止まるそのときにかすかな声で断片きれぎれ同じ言葉同じ断片何百万回その一回一回が初回というわけ事の次第ピム以前そのま

た以前はどうであったかピムとともにピム以後ボム以前事の次第はどうであるかどうなるかそれらすべてのための言葉のかずかずわたしの内部でそれらを聞いてわたしはささやく

わたしの人生十秒十五秒そのときわたしは人生を持つ人生をささやくこのほうがよいこのほうが論理的顔面下部の束の間の動きそれに伴うささやき声が泥のなかで

伝わりそこない聞きそこなった昔の声のくだらぬ断片*いくつかをしどろもどろにささやくのはじっと聴いているクラムのためメモを取ってるクリムのためまたはクラム一人のため一人だけで十分だクラム一人で証人と書記クラムのかざす灯火はわたしを照らしわたしといっしょのクラムを照らすわたしの上にかがみこみ彼は寿命の尽きるまでそうしているのだその次は彼の息子彼の孫以下同様

わたしといっしょ旅の間わたしといっしょわたしがピムとともにいるときわたしといっしょ第三部終曲捨てられたわたしわたしわたしといっしょボムとともにいるわたし代々続いて彼

らの灯火わたしを照らす

彼らの手帳になんでもかでもわずかだろうと記録すべきことはすっかり控えてあるわたしのしたことわたしのしぐさわたしのささやき十秒十五秒第三部終曲最終版

わたしの人生ひとつの声外からぺちゃくちゃ四方八方から言葉いくつか断片いくつかそれから無それから他の他の言葉他の断片同じもの言いそこない聞きそこないそれから無途方もなく長い時間それからわたしの内部白骨のように真白な*丸天井の納骨堂断片いくつか十秒十五秒聞きそこないささやきそこない聞きそこない記しそこないわたしの人生その全編譫言戯言六回改竄

あえぎが止まるわたしは聞くわたしの人生わたしはそれを持っているそれをささやくこのほうがよいこのほうが論理的クラムが記録をとれるようにそしてもしわたしたちが無数ならそのときはお望みならばクラムも無数あるいはまた一人だけわたしのものわたしのクラ

ム一人だけそれで十分掟（おきて）の支配するここでは人生は一つそれっきり全人生人生は二つとはないわたしたちの掟クラムはわたしたちの仲間じゃないわたしには理性はまだまだ残っている彼の息子彼は息子をもうけ去っていくクラムは光のなかへと遡（さかのぼ）るその生涯を終えるため

またはクラムは存在しないそういう場合もあるあえぎが止まるそのときに耳が一つはるか上のどこかに耳がそして耳までささやきが上っていくそしてわたしたちが無数ならささやきも無数どれもこれもみんな同じわたしたちの掟人生は一つそれっきりどこへ行っても一つきり言いそこない聞きそこないぺちゃくちゃ四方八方（あちこち）からそれから内部であえぎが止まり十秒十五秒小さな室内すっかり白色骨の色そこに光があるならばほぐした古綱古い言葉聞きそこないささやきそこないそのささやきそれらのあえぎが

わたしたちの無数の口から泥のなかに落ちてそれから上っていく耳が存在する場所まで理解するための精神記録する能力わたしたちへの配慮記録しようとする欲望理解しようとす

る好奇心が存在する場所まで上っていく耳は曲がりなりにも聞いている古い昔の長話その断片のまた断片を

わたしたちと同様に記憶を絶した昔から永遠の未来まで滅びぬ運命耳は今は耳の話光のなかの上のほうでそしてその場合はわたしたちにとっては大賑わいの日々疲れも見せずに聴いている相も変わらぬ繰り言をこれはわたしたちにとってはいつの日にか起こる変化のいやそれどころか掟にかなった名誉ある終わりのかすかな前兆なのだ

またはその耳にとってもわたしたちにとってと同じく各回が初回そしてその場合は問題なし

またはその脆弱な種類の耳で長い夜がとうとう昼にその座を譲りそしてそれから少したっていつ果てるともない昼が夜にその座を譲るときに鶫が鳴く声を聞くためにつくられわたしたちこの人生はどうだったかどうであるかきっとどうなるか事の次第を聞くためにはつくら

れていない今度もまたお次のかたどうぞという場合には意想外のことは期待できない

それらすべて他のこと言いそこね聞きそこね覚えそこねたたくさんの他のことをさしおいて白地に白の痕跡が与えそこね受けそこね見つけそこね泥に返しそこねたあんなにもたくさんの言葉の痕跡が残れるようにするただそれだけの目的でそしてこの場合耳が理解能力わたしたちへの配慮記録する手段耳が誰のものであるかそんなことはどうでもよい

誰の耳袋の担当者のそうかもしれない袋の食糧の担当者またしてもこれらの言葉すでに見たあの袋

すでに見たあの袋必要な場合にはわたしたちにとって単なる食糧庫以上のもの時として必要が起こったときわたしたちにとってそれ以上のものに見えることもある

昔ながらのこれらの言葉を昔ながらのその場所に第三部終曲最終版その終わりに沈黙の前

に休止のないあえぎ空気を求めてあえぐ動物口がわずかに開いて泥にそして昔ながらの続きの文句あえぎが止まるそのときに十語十五語かすかな声で泥に

そしてそれからしばらくたってずいぶんたってあれが止まるそのときにやれやれまたしてもあの長い長い時間他の十語十五語わたしの内部にかすかな声であるかなきかの息づかいそれから口から泥へ束(つか)の間(ま)の接吻唇の先で軽く接吻

つまりこんなふうに綴り合わせて最後の推論こんなふうにこれらの袋これらの袋を理解せねば理解しようと努力せねばならぬここに無数の袋がわたしたちとともにわたしたちの無数の旅のためにあるこの狭い幅一メートル一メートル半の競走路(トラック)に袋はそろってすでにスタートの位置につきちょうどわたしたちがこの行列の想像もおよばぬスタートの位置に全員ついたようにそんなことはとうていありえない

ありえないわたしたちがわたしたちのおのおのが旅行のたびに被害者にたどり着くのに袋

の山を越えねばならなかったこれからもずっと越えねばならぬなどということはありえないなにしろわたしたちの進行はすでに見たようにたとえどんなにつらくともグランドは理解していただかねばならぬグランドは無事故一つとして不公平はあってはならぬそれがわたしたちの掟（おきて）

最後の推論最後の数字第七七七七七七番は第七七七七七六番を去りそれと知らずに第七七七七七八番に向かって進み間もなく袋を見つけるそれなしには遠くへは行けないそこでそれを横領するそして自分の道をたどる同じ道を今度は第七七七七七六番が借用しそしてその次に第七七七七七五番が以下同様で想像もおよばぬ第一番までそして各人は出発するとすでに見つける旅に不可欠の袋をばそして到着直前まで後生大事に手放さぬこれはすでに見たとおり

とすればもしすべての袋がわたしたちと同じように最初からしかるべき場所にあるというそういう仮定に立てば競走路（トラック）の上に大変な集積がいやそれどころか一つの狭い空間に密集

した集積がなにしろすでに見たように各人はその加害者を捨て去るとすぐに自分の袋を見つけるのだからそれに彼が被害者に到達したいなら被害者に彼が到達せねばならぬというならどうしても袋を見つける必要がある

競走路（トラック）の入り口に大変な袋の山ができるので進行はすべて不可能そしてこの行列（キャラバン）に想像もおよばぬ最初の推進力が加えられるや否やたちまち行列はにっちもさっちもいかなくなり掟（おきて）にそむいて凍結する

するとそのとき左から右へまたは西から東へ目もあてられない光景が無限の未来の暗黒の夜まで続く加害者は捨てられて永久に被害者となることはなくそれからわずかな空間がそれから束の間（つかのま）の旅を終えて食糧の山の麓にぺったり腹這（ば）いになった被害者はけっして加害者になることはないそれからかなりの空間それからもう一人が捨てられて以下同様で無限に続く

なぜならこれは明々白々競走路（トラック）の各区分競走路の各線分連続する二つの二人組（カップル）または連続する二人の捨てられた者の間にこれは競走路を今は競走路の話その区分をその線分を出発前に見るか旅行中に見るかによって違ってくるのだがその間の区分線分は全部洩（も）れなく同じようにふさがれることは明々白々あえぎがまた止まるそしてこれは明々白々各区分各線分は全部洩れなくふさがれるそして同じ理由によってわたしたちの掟（おきて）も

かくして一兆回目の第三部終曲最終版の終わり沈黙の休みなきあえぎの前に必要わたしたちがわたしたちの結合旅放棄が可能になるためには誰かの存在が必要わたしたちの仲間じゃない誰かどこかにある一つの英知一つの愛の存在が必要それが全走路に沿ってわたしたちの必要に応じて適当な場所にわたしたちの袋を置いてくれる

二人組または捨てられた者の東へ十メートル十五メートルのところに二人組か捨てられた者かは袋の差し入れが出発前か旅行中かによって決まるそれが適当な場所

そしてその人にわたしたちの数から見て例外的権力をさもなければ彼の命令に従う助手を与えるのが当然そして事を簡単に済ますためにときどき十秒十五秒耳を与えても行き過ぎじゃないクラムが抹殺された以上わたしたちのささやきが要求しているあの耳をそれがなければ砂漠の花

そしてその耳にあの最小限の英知をあれがなければそれはただの耳そしてわたしたちへのあの奇妙な配慮これはわたしたちの間には見つからぬものそして記録の欲望と手段これもわたしたちは持ち合わせぬ

あれこれ兼業しかしこれも次のことをよく考えていただければ簡単に納得できようつまりわたしたちのささやきのなかの一つだけを聴き取ってそれを記述することはとりもなおさず全員の聴取と記述

そして突然光がさす袋の上にいったいいつの間にだろう取り替えられた新しい袋の上にそ

れはたぶん二人暮らしの期間中の何かのときなにしろすでに見たようにそして今も見ているように被害者が旅をしている間は見捨てられた加害者がささやいているのだからさもなければ葬送の鐘と葬列それもまたありうることかすかな光がさしている

そしてその人にときどきはあの声の責任を負わせても別に無法なことではないぺちゃくちゃあの声わたしたちみんなの声の責任をそしていまあえぎが止まるそのときに十秒十五秒あの声のこれが本当の最後の断片後世に伝えるべきものそれにしてもなんたる状態で

そこでついに彼がわたしたちの仲間でないあの人がここにそこでついにわたしたちがここに彼は聴いている自分の声わたしたちのささやきに耳を傾けてはいても話は所詮(しょせん)彼のでっち上げ吹き込みそこない言いそこないそして一回一回の間があまりに離れすぎあまりに忘却はなはだしく泥に彼にわたしたちがささやく話はひょっとしたら彼にはもとの話にそっくりそのまま同じものに見えるのかも

そして暗闇泥のなかこの人生その喜びと苦しみと旅水入らずの二人暮らしそれから放棄とぎれとぎれの一つの声であるときはわたしたちの半数がまたあるときはあとの半数あえぎが止まるそのときに吐き出すように語る人生彼が考案したものにほとんどそのまま大差なし

そして飽きもせず彼の数字*のいくつかの言うところに従えば二十年または四十年に一度ずつ彼はわたしたちの捨てられた仲間に思い出させるこの人生の粗筋を

そしてこの自称ぺちゃくちゃ無名の声わたしたちみんなの声最初は外から四方八方から次に内からきれぎれに聞こえる断片あえぎが止まるそのときにやっと聞こえるもちろん歪んだその声やっと出てきたその声は追って通知のあるまではあの人の声わたしたちの告白がささやかれるのを聞く前にその内容をわたしたちに精いっぱいの努力をしてくれるあの人の声

なおその上にわたしたちが食糧に事欠くことはけっしてなくそのことからして休みなく絶えず前進できるのはひとえにその人のおかげ

誓って言うがまだまだ引用は続いているその人はときたまきっと思うだろうこの果てしない供給伝達聴取記録に終止符を打つことは他方ではわたしたちを終わりのないある種の存在のなか片手落ちのないある掟（おきて）のなかに保存しながらも終止符を打つことはできないものかと思うだろうこれは誰にもありがちなこと

そして思うだろう結局はもう少し違うやり方で話したほうが得ではないかたとえばあっさりこう宣言したらどうだろうわたしたちが孤独な旅人からすぐ前にいる仲間の加害者となりそして捨てられていた仲間は被害者となるこの多様性はわたしたちには与えられていないのだ

そしてこの黒い空気のすべてもまたわたしたちのわけまえじゃないわたしたちの列の間を

吹き抜けてわたしたちの二人暮らしと孤独な生活旅と放棄の両方の孤独な生活をまるで隠遁地（テバイード）のなかのように真黒闇の密閉した箱のなかに閉じこめるこの黒い空気も

そしてほんとうはわたしたちはそれぞれみんな想像もおよばぬ第一番からこれまた同じく想像もおよばぬ最後の者までいささかの間隙（かんげき）もなくぴったりと肉の屋根瓦さながらに重なり合ってお互いにくっつき合い

というのは第二部事の次第ピムとともにで見たように口と耳とが触れ合うほどの接近は当然肩の部分における肉体の軽度の重なり合いを惹（ひ）き起こす

そしてこのようにお互いに体と体で結びつきわたしたち一人一人は同時にボムでもありピムでもあり加害者で被害者へぼ教師で落第坊主原告で被告唖（おし）で言語機能回復者暗闇のなか泥のなかここは訂正するものは何もない

さてそこで最後の数字相も変わらず第七七七七七七番彼が罐切りを第七七七七七七八番の尻に突き刺しその返事としてかすかな叫びを獲得しすでに見たようにその叫びを頭に一撃くらわせて中断するときまさにそれと同じ瞬間に彼は第七七七七七六番に同じやり方で刺激され彼もまた彼自身の呻きを洩らすそしてこれも同じ運命

ここで何かがまちがっている

そして第七七七七七六番に腋の下を引っ搔かれて歌う瞬間彼は同じ方法を用いて第七七七七七八番に自分と同じことをさせる

以下同様で同じようにこの鎖に沿って両方向にわたしたちの別の喜びと苦しみのためにこの測りえぬ泥の海の想像もおよばぬ端から端までわたしたちがお互いに獲得し合い耐え忍び合っている喜びと苦しみのため

この方式はわたしたちの限界と能力に照らして確かに調整の必要はあるがしかしすべての旅すべての放棄を消去することによって同時に袋と声のあらゆる機会を消去することになるという利点を持ち続ける声ぺちゃくちゃ外からそれからあえぎが止まるそのときに内からのあの声と袋

そしてこのまま恒久化するかに見えていた列をわたしたちの誰一人として権利を侵害されることなくわたしたちの掟が停止させることができるという利点があるなぜならあらかじめわたしたちの列を一つの円環に閉じてしまうことをせずにそれを停止させようとすれば二つの場合のどちらかだ一つは

二人暮らしの時期に列を停止させるとするその場合わたしたちの半数は恒久的加害者であとの半数は恒久的被害者もう一つは

旅の時期に列を停止させるとするその場合確かに全員に孤独が保証されるがしかし掟に背

いているなにしろ人生がそれに被害者を与える義務を負っている旅人は二度とふたたび被害者を与えられることはなく捨てられたほうには二度とふたたび加害者が与えられないことになる人生が与える義務を負うている加害者が

そして他の不公平はあれこれ詮索するのはよそうあえぎがいっそう激しくなる一つだけで十分だ最後のこれこそほんとうの最後の断片あえぎが止まるそのときに最後のこれこそほんとうに最後のささやきを捕捉する努力をせねばならぬ

つまりこんなふうにまずわたしたちの仲間でないこの人ときっぱり手を切るそのために

わたしたちの旅放棄食糧の必要そしてささやきに終止符を打ちたいという夢

その結果彼に回ってくるあの精根尽きるあらゆる種類の供給作業に終止符を

かといってわたしたちを想像もおよばぬ最後の者まで一人残らずこの黒い泥のなかに一気
に沈め泥の表面を汚すものはもう何もやってこないなんて羽目には追いこまれずに
掟(おきて)を守りわたしたちの本質的活動を保護しながら

この新しい方式をつまりこの新しい人生をあれと手を切るそのために

突然疑問がひょっとしたらわたしたちすべての体のこのすし詰めにもかかわらずいまだに
西から東への移動を始めてはいないのじゃないかそんな疑問がふっとわく

こういうふうに考えていただきたいもし加害者としてのわたしたちにはじっと静かに動か
ぬことが得策で被害者としては少しでもはやく逃げ出したいのが人情とすれば

そしてもしこの二つの渇望が各人の心のなかで取っ組みあって争えば後者が勝つのがあた

りまえたとえ小差であろうとも

というのはすでに見たように旅と放棄の日々にこれは考えてみればあまりにも明らかなこと旅していたのは被害者だけ

加害者たちは茫然（ぼうぜん）自失右脚右腕屈伸運動十メートル十五メートル彼らに追いすがるどころか捨てられた場所にそのまま動かないむりな活動しすぎた報いそれもあろうがわたしたちの掟（おきて）の結果でもあるのだ

この掟はてんやわんやの大騒ぎのおかげでいったいどの点が弱められたかはわからぬとはいうものの

各人に同じ義務を課している正確に言えば希望なき追跡と恐怖なき逃走という義務を

そしてもし遅ればせながら今でもなお他の世界を想像できるなら

わたしたちの世界と同じように公平だがこれほど精巧には組織されていない他の世界

たぶん一つはあるだろうたぶん一つはこんな気晴らしを許してくれるほど慈悲深い世界そこでは誰もがけっして誰をも捨てることなく誰もがけっして誰をも待たずそして二つの体が触れあうことはけっしてないそんな世界

そしてもしわたしたちが生命を維持する食糧もなくぴったりと一つにまとまったわたしたちの苦痛を唯一の頼りとして存在せぬ平和を求めて西から東へ匍匐(ほふく)前進できるのが奇妙に見えるならわたしたちはすべからく次のことを考慮すべきだ

わたしたちの同類にとってはたとえ人がどう説明しようとも沈黙を唯一の宝とする者からむしり取った叫びさらには溜め息のなかにまたはやっと文法から解放された者からむりや

り奪い取った言葉のなかに鰯（いわし）などにはおよびもつかぬ豊かな栄養があることを

そこでこうしたすべてのものとこれを最後にきっぱりと手をきるために最後の断片これこそ最後の断片いくつかあえぎが止まるそのときにこの人生と手をきるために

わたしたちの同類ではない彼いつまでも同じ繰り言繰り返し退屈のあまりこれまた狂ってしまった彼ときっぱり手をきるそのために

彼は持ち合わせていないだろうかわたしは引用を続けているこれよりもはるかに単純はるかに徹底した解決法を

一つの方式彼を完全に抹殺し少なくともあの永遠の安息への道を開いてやると同時にわたしをわたしだけをこのとんでもないささやきの責任者にしてしまう一つの方式をそんなわけでそのささやきの最後のこれこそ最後の断片がついにやってきた

ありふれた質疑応答の形式でわたしが自分に問う問いとわたしが自分に答える答えそれがどんなに奇妙に見えようとも最後のこれこそ最後の断片をあえぎが止まるそのときに最後のこれこそ最後のささやきそれがどんなに異様に見えようとも

それらすべてそれらすべてそう（ウイ）それらすべてはなんとかではないだろうか応答なしそれらすべては嘘（うそ）ではないだろうかそう（ウイ）

これらすべての計算そう（ウイ）説明そう（ウイ）この物語全体が始めから終わりまで完全に嘘そう（ウイ）

事の次第ほんとはあれとは別のものそう（ウイ）完全にそう（ウイ）しかしどんなふう応答なし事の次第はどんなふう応答なしなにごとが起こったのか応答なし**なにごとが起こったのか**絶叫よし（ボン）

たしかに何かが起こったそう（ウイ）しかしそれらすべてのどれでもないそう（ノン）始めから終わりまで

できそこないそうあの声ぺちゃくちゃそうできそこないそうここには声は一つだけそうわたしの声そうあえぎが止まるそのときにそう

あえぎが止まるそのときにそうそれではあれは真実だったそうあえぎそうささやきそう暗闇のなかそう泥のなかそう泥にむかってそう

これもまた信じがたいそうこのわたしが声を持つなんてそうわたしの内部にそうあえぎが止まるそのときにそう他のときには聞こえないそうそしてこのわたしがささやくなんてそう暗闇のなかそう泥のなかそうくだらぬことをそうわたしがそうしかしそれを信じねばならないそう

そして泥そう暗闇そう真実そう泥と暗闇は真実そうその点では悔やむことは何もないそう

しかし声のこれらの話そうぺちゃくちゃそういくつかの他の世界のそうもう一つの世界に

いる誰かの話そう(ウイ)わたしはたぶんその人の夢のようなものそう(ウイ)彼が始終夢みているそう(ウイ)始終語る夢そう(ウイ)彼の唯一つの夢そう(ウイ)彼の唯一の話そう(ウイ)

置かれた袋のこの話そう(ウイ)たぶん紐(ひも)の先につけたそう(ウイ)わたしの声を聴いている耳のそう(ウイ)わたしへの配慮記録能力そう(ウイ)それらすべてはできそこないそう(ウイ)クリムとクラムそう(ウイ)できそこない

そして娑婆(しゃば)のこの話そう(ウイ)光そう(ウイ)空そう(ウイ)青が少しそう(ウイ)白が少しそう(ウイ)回る地球そう(ウイ)明かりと薄明かりそう(ウイ)小さな場面そう(ウイ)できそこないそう(ウイ)祈りわが家(ホーム)そう(ウイ)できそこないそう(ウイ)

そして行列のこの話応答なし行列のこの話そう(ウイ)行列なんてありはしなかったそう(ノン)旅もそう(ノン)ピムなんていやしないそう(ノン)ボムだってそう(ノン)誰一人としていなかったそう(ノン)いたのはわたしだけ応答なしわたしだけそう(ウイ)それではあれは真実だったそう(ウイ)わたしは真実だったそう(ウイ)そしてわたしの名前はなんというのか応答なし**わたしの名前はなんというのか**絶叫よし(ボン)

とにかくわたしだけそうひとりぼっちそう泥のなかそう暗闇のなかそうこれは確実そう泥と暗闇は確実そうこの点では何も悔やむことはないそう袋を持っていやなんですっていや袋もないそう袋一つも持たないでそう

わたしだけそうひとりぼっちそうわたしの声といっしょにそうわたしのささやきといっしょにそうあえぎがとまるそのときにそうそれはみんな確実そうあえぎながらそうあえぎがだんだんひどくなる応答なし**だんだんひどくなる**そうべったり腹這いそう泥のなかそう暗闇のなかそうここは訂正の要なしそう両腕は十字架のように応答なし**両腕は十字架のように応答なしイエスかノーか**イエス

側対歩で匍匐前進したことなしそう右脚右腕屈伸運動十メートル十五メートルいや動いたことなしそう人を苦しめたことなしそう苦しんだことなし応答なし**苦しんだことなし**そう人を捨てたことなしそう捨てられたことなしそうそれではそれがここの人生応答なし**それ**

がここでのわたしの人生絶叫よし(ボン)

ひとりぼっちで泥のなかそう(ウイ)暗闇のなかそう(ウイ)まちがいないそう(ウイ)あえぎながらそう(ウイ)誰かがわたしの声を聞いているいや(ノン)誰も聞いていないそう(ノン)ときどきはささやきながらそう(ウイ)あえぎが止まるそのときにそう(ウイ)他のときにはささやかないいや(ノン)泥のなかそう(ウイ)泥にむかってそう(ウイ)わたしがそう(ウイ)わたしの声をわたしにそう(ウイ)他人にではないそう(ノン)わたし一人だけにそう(ウイ)まちがいないそう(ウイ)あえぎが止まるそのときにそう(ウイ)ときどき思い出したように単語をいくつかそう(ウイ)断片いくつかそう(ウイ)誰もそれを聞いていないそう(ノン)しかしだんだん少なくなる応答なし**だんだん少なくなる**そう(ウイ)

それでは変化が起こるかもしれない応答なし終わるかも応答なしわたしは息が止まるかもしれない応答なし沈むかも応答なしこれ以上泥を汚すことはなくなるかも応答なし暗闇を応答なし沈黙をこれ以上乱すことはなくなるかも応答なしくたばるかも応答なし**くたばる**絶叫**わたしはくたばるかもしれない**絶叫**わたしは間もなくくたばるのだ**よし(ボン)

よしよし（ボンボン）やっと終わった第三部終曲事の次第引用閉じるピム以後事の次第

訳注

漢数字はページ数、アラビア数字は同ページの順序を示す

1

三五　『短編と反古草紙』のなかの一編『追い出された男』のクローカスの描写に対応する。

四二　ベラックワ――ダンテ『神曲』の浄罪篇で歌われる人物。《彼らの中の一人は疲れ果てた顔で腰をおろして、両手で膝を抱え両膝の間に頭を低く垂れていた。……「おお兄弟よ、上へ行ったってなんの益があろう、門の上に坐っている神の鳥は私に苛責を受けるのを許さないから。臨終になって初めて痛悔の善い歎息を述べたので、まずここでも私をめぐらねばならないのだ。もしそのまえに恩寵に生きる心から湧きでる祈りが、私を助ける場合は別だが、他のものは天に聴かれないから無益なのだ」》（第四歌一〇六―一三五行）。

五〇　二人連れは『蹴り損の棘もうけ』のなかの一編『フィンガル』に登場するものと同一であろう。

五三―（1）　八十度――英語版（以下Eと略記する）では「九十度」となっている。

五三―（2）　マルブランシュ――フランスの哲学者（一六三八―一七一五）。デカルトの流れを汲み、ゲーリンクスとともに機会原因論を唱え、楽天的な万有在神論を説いた。

六一―（1）　竈のなかの――Eでは「エレボスの」となっている。エレボスは古代ギリシア人が想像した地下の暗黒界。地獄の上に位置する。

六一―(2)　ヘラクレイトス――ギリシアの哲学者。火を万物の原質とし万物流転を説いた。その文章の晦渋さのために、晦冥の人ヘラクレイトスと呼ばれる（前五四〇―前四八〇）。

六八　タレイア――ギリシア神話の九人のミューズの一人。喜劇と牧歌を司る。仮面と木蔦の葉飾りを持った姿であらわされる。

六九―(1)　アブラハムの懐――心正しき人びとの魂の安息所（『ルカ伝』第一六章二二節参照）。

六九―(2)　体のどこかに懐をつける――懐（仏 sein 英 bosom）には《乳房》の意味もあるので、それにかけた冗談。

七六―(1)　ヘッケル――エルンスト・ヘッケル。ドイツの生物学者でダーウィンの進化論の流れを汲む生物変異論者。個体発生は系統発生の短縮されたものであるという説を唱えた。ポツダムに生まれた（一八三四―一九一九）。

七六―(2)　ポツダム――ベルリンの西南にある古い都市。

七六―(3)　クロップシュトック――ドイツ近代詩の夜明けの明星と言われる敬虔な詩人（一七二四―一八〇三）。代表作に叙事詩『救世主』がある。

七六―(4)　アルトナ――ハンブルクの西にある漁港。

七七　ノヴァヤ・ゼムリヤ――北極海の群島。

2

九二　カストラート――去勢された男性ソプラノ歌手。

一〇三　ある日わたしたち……――以下＊印までの一節は小説『名づけえぬもの』のはじめに言及されているメルシエとカミエの二人の姿を思わせる（小説『メルシエとカミエ』参照）。

一〇五　聖アンドレの十字架――X型の十字

架。

一一三　地下牢——Eでは「下水渠（げすいきょ）」となっている。

一二四　どこかでそう言う……——以下＊印までEでは「聞いたとおりにわたしは語る」となっている。

一二九　＊印の前にEでは「あの年老いた寵児（ちょうじ）」がはいる。

一四六　人はその命は草のごとく花のごとく——『ペテロ前書』第一章二四節「人はみな草のごとく、その光栄はみな草の花のごとし、草は枯れ、花は落つ。」

一六〇　これはたぶんもう一つ別の旅——『短編と反古草紙』のなかの一編『終わり』の最後の部分に対応する。

一六三　F——フランス語 FIN（終わり）の最初の字。

一七五　＊印の前にEでは「羊肉のように」がはいる。

3

一九二　＊印のあとにEでは「それが見えると言う」がはいる。

一九三　世界より年老いた黒い老婆——ギリシア神話の運命の女神アトロポスを指す。地獄の三女神モイラは人間の生死を支配し生命の糸を紡ぐ。誕生を司（つかさど）るクロトーは紡錘竿（つむぎざお）を持ち、ラケシスは紡錘を回し、アトロポスは糸を切る。

一九五　このあたりは戯曲『クラップの最後のテープ』を連想させる。

一九七　かあちゃんかわいい人——Eでは「ママパパ」（マ マ ン マ ム ー ル）となっている。

二〇〇　べムペム——Eでは「ボムベム」となっている。

二三一　左から東へ——Eでは「左から右へ」となっている。

二三八　次の節との間にEでは「わたしの人生いまはわたしの人生の話」がはいる。

二四一　二組——Eでは「三組」となっている。

二四四　ここで何かがまちがっている——Eにはない。

二四五　くだらぬ——Eでは「昔の」となっている。

二四六　＊印のあとにEでは「そこに光があるならば」がはいる。

二五六　彼の数字——Eでは「わたしたちの数字」となっている。

解説

一九五三年の『ゴドーを待ちながら』で一躍有名になり、その後しばらく劇作品を発表していたベケットが、一九六一年に小説『事の次第』を発表したとき、批評家たちはこの奇抜な形式と珍妙な物語をどう理解してよいのかととまどって、結局は沈黙を守ることによって体面を保った。なにしろ、小説と銘打たれたこの作品の文章は、句切りもなく（文頭の大文字もなく、句読点は皆無、接続詞もほとんどない）、主語も動詞も極度に節約され、文章法を無視したとさえ思える単語の羅列で成り立っており、唯一の段落は平均五行ばかりの単語のブロックとブロックの間の一行分のブランクだけである。しかもこれが延々一七〇ページも続くのを見れば、読むことを放棄するほうがむしろ当然かもしれない。よくやるように、あちこちを拾い読みして筋書きの見当をつけることはまったくできないようにわざと仕組まれているかのようで、どこが文章の始まりか終わりかは中途から読み出した者にはすぐには見当がつかないのである。およそこれほど読者に対して挑戦的な作品は少なくとも文章法に関するかぎり類例があるまい。

しかし、忍耐強い熱心な読者が、最初から忠実に文を、または単語を、追っていけば、しだいにこのつかみどころのない文体が、実は俗語的表現を活用したリズミカルな会話体の散文詩とでも言うべきものであり、言葉の脈絡をつくっているのは、文章を読むときの呼吸、つまり気息であることが理解でき、各ブロックの言葉の組合せのパズルを解く苦しみ（または楽しみ）を厭わなければ、この物語をたどることはけっして不可能ではないのである。

全体は三つの部分にわけられ、第一部は《わたし》が《ピム》なる人物を求めて一人旅を続ける旅日記であり、第二部はめぐり会ったピムとの共同生活、第三部はピムに捨てられて一人になったわたしの孤独な独白という構成である。

第一部。わたしは真暗闇の泥の海を這っていく。他には誰もいない。持ち物は袋だけ――鰯や鰊や小蝦などの罐詰と罐切りが入っている麻の石炭袋が一つだけ。《わたし》は声を聞く。かつては外から聞こえていた声が、あえぎが止まると内心の声となって聞こえてくる。声は語る、過去の人生の断片をとぎれとぎれに。そしてわたしはそれをそのまま泥にささやく。そして腕と脚の緩慢な屈伸運動で、ゆっくりわたしは進んでいく。そしてこの言葉と動作は誰かが記録しているらしい（後出のクラムとクリム）。途方もなく長い時間が流れ、存在するのは袋と罐詰と暗闇と沈黙と孤独だけ。わたしの前世での、《光のなかの娑婆》の生活の断片が、泥のなかに心像となって映し出される。まるで映画のフィルムのいくつかの駒のように。一人の男が映る、どうやらかつての日のわたしらしい。子供が蝶を鋏で切っている。それから、母親に見守られ、机に頭をうつ伏せたわたし。ふたたび幼児のわたしが映る、ベランダでひざまずいて母親に祈禱の文句を教わっている（この場面は三歳のころのベケットの写真とまったく同じである）。わたしは這い続ける。袋の罐詰は急に半減する。地下室でわずかな日向を利用して栽培したクローカスの心像。どうしてわたしはここに、この暗闇と泥のなかにいるのか。再生の想念が浮かぶ、わたしがピムとともに過ごす時期、それ以後、さらにその後の永遠の休息。わたしはかろうじて《ああ》とつぶやく、《ママ》と発音するかわりに。罐詰は残り少ない。旅の終わりは近い。また一つの心像、小学生のわたしがイエスに会う夢を見る。ついに罐詰の袋を失う。しかし突然わたしの手はピムの臀をつかむ。旅の終わり。

第二部。わたしはピムに生命を与え、語る術を教えこむ。ピムが持っている袋から罐切りを取り出し、ピムの臀を突き刺しては条件反射的に歌わせ、語らせ、黙らせるのである。第二部では第一部の心像にかわってピムが彼の娑婆での光のなかの人生のいくつかの小さな場面を語る。かくして、わたしとピムとは加害者と被害者の関係になって、なんとも奇妙な共同生活が始まる。ピムの話。失敗した結婚生活、妻は窓から身を投げる。父は建築現場で梯子から落ちて死ぬ。母はいつも賛美歌を歌っている。しかし彼は地上での生活は思い出せるが、この泥の海での以前の生活を語ることはできない。途方もなく長い時間、二人はじっと動かず過ごす。証人のクラムと書記のクリムは二人が死んだのではないかと問答をかわす。心像がふたたび帰ってくる。わたしはピムの背中にオワリと書く。やがてピムはわたしを放棄して去る。

第三部。ピムの去ったあと、ボムが来て、第二部と同じように、今度は被害者となったわたしを虐待して語らせるまでの孤独なわたしのさまざまな想念が語られる。声がふたたび帰ってくる。聞こえる声の伝えるままにわたしはふたたび語りはじめる。わたしは第一部以前の生活を思い出す。ボムはわたしとともにあって、わたしがピムを虐待したと同じようにわたしを虐待した、そしてわたしはボムを見捨てて旅に出たのだった。するとボムとわたし、わたしとピム、そしてふたたびボムとわたしの二人組(カップル)が、順次、結合と分離を繰り返しているわけでそうすれば以下同前で無限数の二人組が西から東へ、つまり死から再生へ向かって永久に移動していくことになる。そしてこの無限の大移動が円滑に行なわれるためには、神とでも呼ぶべき存在の善意が働いていると、ライプニッツのようにわたしは考える。わたしの語ることを聴き、記録するのはその神ではないか、聞こえてくる声もその神の声ではなかろうか。しかしこの想定も否定され、結局ピムもボムもわたしであり、すべては想像がつくり出した《できそこない》であるとして、これまで苦心して積み上げてきた事の次第をすべて抹消してしまう。残るのはわたしだけ、そしてこのわたしは間もなく《くたばる》のである。

このようにして、物語としては支離滅裂のように見えるが、視点を変えてさまざまな角度からこの作品を検討して見ると、いくつかの興味ある点が発見される。

わたしが真暗闇のなかを這(は)っていく泥の海のヒントは明らかにダンテの『神曲』地獄篇第七歌から得たものである。《さて私がじっと見守っていると沼の泥の中に泥だらけの者がいるのを発見した。みんな裸体で、怒ったような顔をしている。彼らは手だけでなく、頭や胸や足などを使っておたがい同志なぐりあいをしており、嚙みついて肉を少しずつ引き裂いている。善い師はいった、「……彼らは泥につかってつぶやいているのだ、『太陽に照らされた快い大気の中にいたとき悪徳にみちた生活をしたため、心の中に憤怒が残り、いまも黒い泥の中で悲しんでいる』と。こんな讃歌をのどの中でつぶやくのは完全な言葉を出せないからなのである」(野上素一氏訳)》

また若いベケットがその『プルースト』の扉に厭世詩人レオパルディの一句「そして世界は泥だ」を銘句(エピグラフ)として書きつけたことを考えると、神を見失い、あらゆる価値規準を失っていく流動的な近代人の精神世界を泥と見てこの作品の場を泥の海としたのであろう。さらにまたこの泥の海を、旧約聖書(『エゼキエル書』第三七章)の乾いた骨の谷の裏返しのアレゴリーとする説も成り立つであろう。

しかしこの作品の意図は神なき現代人の地獄を描くことだけではない。ベケットの作品に常に存在する主題は内的自我を追求する外的自我の果てしない模索であるが、この作品の主題は分裂した精神が自我を求めるあえぎそのものではなかろうか。暗闇は、密閉された頭蓋のなかの意識のもっとも深い奥処の闇であり、小宇宙の象徴である。そして比喩的な意味ですでにこの世で死んだ精神の死後の世界、冥府には《光のなかの上のほう》、つまり地上の現実世界の心像が断片的に浮かんでは消えていくだけである。そして追い求める純粋自我はついに捕捉できない幻影なのである。

また、この作品を他の作品と比較して見ると興味深い対応関係が見いだされる。『モロイ』の第一部ではモロイは母の家を求めて彷徨し、深い森のなかを腹這いになって匍匐前進する。ときどきママと言いながら、そしてついにたどり着く、声が聞こえる、着いたんだよ、モロイ、と。モロイの旅は終わる。第二部ではモランがモロイの探索に出かけるが、モランはすでにモロイを知っている。「モロイはあえいでいた、モランのなかにモロイが現われるだけでモランはあえぎでいっぱいになる」のである。モロイは「左右にからだを振って非常にゆっくり進んでいた」。そして「からだ全体からほとばしる一種のうめきとともにモロイが消えていくのをほとんど名残り惜しいと思いながらモランは見送った」のである。モランは報告を書く。彼の聞く声は主人のゲイバーに伝えてもらうまでもない、「なぜならその声は彼のうちにある」のだから。モランはしだいにモロイに似てくる。帰宅した彼は書く。「そこでわたしは家へはいって書いた。今は真夜中、雨が窓ガラスを打っている、と。真夜中ではなかった。雨は降っていなかった。」モランの報告は、『モロイ』は想像の産物であった、全部嘘なのだ、というこの最後の一節は『事の次第』の結末になんとよく似ていることか。そしてモロイとモランの一致はボムとピムの一致に対応する。『事の次第』の方程式はすでに『モロイ』のなかに存在していたのである。

また、ほぼ同じ時期に書かれた戯曲『しあわせな日々』の構造の類似も明らかで、ウィリーとウィニーの関係はボムとピムのそれに対応している。またウィニーの饒舌と、《第二部ピムとともに》でのピムの語る《光のなかの娑婆での生活》、ウィニーが後生大事に持っている唯一の財産のあの袋とピムの罐詰入りの麻袋はあまりにもよく一致しているではないか。

そして、罐切りでピムを突き刺しては語らせるという一見突飛な発想はデカルトの『方法叙説』第五部の一節「なるほど言葉を発するような機械を案出することはできる。のみならずこの箇所に触れて言わせてみたいことを訊き、あの箇所に触れて痛いとか何とか叫ばせるというように、それの器管には多少の変化をおこす物体的操作につれて、ある種の言葉を発する機械を案出することはできよう」（落合太郎氏訳）の戯画化であり、またそれはボードレールの『われとわが身を罰する者』の「われは傷にして刃、被害者にして加害者」という分裂する意識の自虐作用の視覚化であろう。

ベケットは『プルースト』のなかで、「芸術家はテキストを創造し、職人はそれを翻訳する。作家の義務と仕事は翻訳家のそれである」と述べているが、芸術家ベケットのテキストはすでに以前の作品のなかに存在しており、職人ベケットはそれの翻訳、つまりその形式の完成に専念したと言えよう。

この作品の完成までには一年六か月を要したというが、ベケットの三部作が非常に速く書き上げられたことを考え合わせると、相当な彫心鏤骨(ちょうしんるこつ)であったと思われる。『事の次第』は内容的にはベケット文学の総決算とも言えるであろうが、その新しさは小説を物語の持つ意味から解放し、真に自由な仮構(フィクション)として、ちょうど抽象絵画や無調性音楽と同じ次元に近づけようとする試みにあるのではなかろうか。

最初にも述べたように、この作品の文章構造は従来の統辞法の規約を無視したかのような破格の文体であるが、これを十二音音楽(ドデカフォニー)の手法と考えることはできないだろうか。ベケットを文体のシェーンベルクとあえて主張するつもりはないし、従来の小説なら優に一編の長編小説になるほどの素材がきわめて簡潔な凝縮された表現で点在するありさまをウェーベルンの作品の凝縮性になぞらえることも軽率のそしりを免れまいと承知のうえで、やはりこの比喩(ひゆ)は捨てがたいのである。ともあれ、『反古草紙』から『事の次第』を経て最近の『死んだ頭』『人べらし役』『なく』などの純粋散文にいたる道は、言葉がしだいに意味を失って希薄化し、音楽に近づいていく過程と考えるのが妥当ではなかろうか。

『事の次第』はいわば三楽章からなる、つまり「始めとなかばと終わりのある死者の長いソナタ」(『モロイ』)なのであって、文字どおりの歌物語と言ってもよかろう。

原文でもそうであるように、この作品は歌の文句を読むように、ゆっくり読めば、拙(つたな)い訳文にもある程度のリズムがあることに気づいていただけよう。また、こうした文章では、接続詞、たとえば《そして》は休止符の役割を果たしているので、旋律の区切りを示すものと考えるべきではなかろうか。

翻訳にあたっては仏語版（一九六一）を使用し、ベケット自身の英語訳（一九六四）を参考にした。仏語版に見られる若干の明らかな誤植は英語版を参照して訂正した。

一九七二年一月

訳　者

事の次第《新装復刊》

二〇一六年五月三〇日第一刷発行
二〇一六年七月一〇日第二刷発行

著者　サミュエル・ベケット
訳者©　片山昇（かたやまのぼる）
発行者　及川直志
印刷所　株式会社三陽社
発行所　株式会社白水社
東京都千代田区神田小川町三の二四
電話　営業部〇三（三二九一）七八一一
　　　編集部〇三（三二九一）七八二一
振替　〇〇一九〇・五・三三二二八
郵便番号　一〇一・〇〇五二
http://www.hakusuisha.co.jp
乱丁・落丁本は、送料小社負担にてお取り替えいたします。

本書は一九七二年刊行当時の元本を使用して印刷しているため、まれに文字が欠けていたり、かすれていることがあります。

株式会社松岳社

ISBN978-4-560-09237-8

Printed in Japan

サミュエル・ベケット［作］

Samuel Beckett

《ベスト・オブ・ベケット》ゴドーを待ちながら（新装版）［安堂信也／高橋康也訳］

田舎道。一本の木。夕暮れ。エストラゴンとヴラジーミルという二人組のホームレスが、救済者・ゴドーを待ちながら、ひまつぶしに興じている——。不条理演劇の代名詞にして最高傑作

◎《白水Uブックス》版もございます。

サミュエル・ベケット短編小説集［片山 昇／安堂信也訳］

待望の復刊！ 収録作品＝短編と反古草紙（追い出された男／鎮静剤／終わり／反古草紙）／死んだ頭（断章［未刊の作品より］／たくさん／死せる想像力よ想像せよ／びーん）／なく／人べらし役

ベケット伝（上・下） ジェイムズ・ノウルソン著

［高橋康也 他訳］ベケット自身から認可され、資料提供などの積極的な支援を受けて仕上がった本格的な伝記。徹底した取材と新資料、逸話を基にベケットの業績と知られざる人間像をあますことなく伝える。

サミュエル・ベケット証言録 ジェイムズ&エリザベス・ノウルソン編著

［田尻芳樹 他訳］ベケット本人の回想と関係者たちの証言を、集大成！ 数々の貴重な写真とともに、ヌーヴォー・ロマンや不条理演劇の先駆者として知られる「巨匠」の実像について迫る、一級の資料集。